제주 2년
그림일기

제주 2년 그림일기

현정원 에세이

북인

천천히 벗은 몸 입기

2018년 1월, 제주로 이사하면서 일기를 쓰기 시작했습니다. 사방 10㎝의 작은 캔버스에 아크릴 물감으로 그림도 함께 그렸습니다. 제주로 스며드는 과정을, 하루 종일 붙어 있게 된 남편과 벌이는 격투기를, 주변의 아름다운 풍광을, 기록으로 남겨보자는 취지였어요. 수필에 쓸 글감도 구하고 취미 삼아 그리는 그림에도 도움이 되지 싶었습니다. 2년만 해보자 마음먹었지요.

시간이 구름처럼 흐르더군요. 2020년이 되었습니다. 160일치의 일기가 모아졌어요. 동시에 180㎝×80㎝의 제법 큰 그림도 만들어졌구요.

스스로 대견했습니다. 자랑하고 싶어진 거예요. 글이 훌륭하고 그림이 멋져서는 아닙니다. 꾸준함을 제 스스로 칭찬해 주고 싶었어요. 메모 같은 일기라고는 해도, 크기가 작은 그림이라고는 해도, 시간과 애정을 쏟아야 하는 작업이었거든요.

갑자기 궁금해지네요. 일기를 책으로 엮는 마음은 어떤 것일까요? 아니 그보다, 남에게 보이기 위한 일기쓰기는 대체 뭘까요?

천천히 옷을 벗는 작업이지 싶습니다. 많은 사람 앞에서 하는 진지한 누드 공연. 사람들에게 벗은 몸을, 속살을 보이는 것이지만 그저 벌거숭이가 되려는 것은 아니기 때문이지요. 존 버거(『다른 방식으로 보기』, 최민 역, 열화당 2012) 식으로 말하자면 시선의 대상이 됨으로써 그 몸을 이용하도록 자극하는 또 다른 형식의 복장, 그러니까 벗은 몸을 입는 것이라고나 할까요.

말을 하고보니 당황스럽네요. 누드라니요! 제 일기쓰기가 누드와 같은 것이라면 저는, 그 보여주기용 속살로 무엇을 하려는 것일까요? 말을 바꿔야 할 것 같습니다. 천천히 옷을 입는 작업이라고요. 저의 일기쓰기는 저를 저 되게 하는 옷, 저의 정체성을 표현하는 옷을 조금씩 걸치는 작업이라고요. '아무 것도 걸치지 않은 순수한 몸은 사람의 몸이 아니다'(주디스 버틀러,『젠더 트러블』, 조현준 역, 문학동네, 2008)라는 말도 있잖아요. 제게는 저의 일기쓰기가 일상을 살며, 에피소드를 통과하며, 제 자신을 어떠한 '사람'으로 창작해가는 과정이 아니었을까, 생각해보는 거지요. '나'라는 진실에 감수성이라는 옷과 연민의 액세서리, 반성의 스카프를 붙이고 두르면서요.

실은 잘 모르겠습니다, 자기 자신을 전시품으로 내놓는 그 마음이 무엇인지. 하지만 분명히 알겠는 것이 있는데요, 그것은 행복했다는 것입니다. 현장에서 혹은 그날 밤이나 다음 날, 일기를 쓰고 그리며 즐거웠다는 것입니다. 제 자신을 찬찬히 들여다볼 수 있었으니까요.

이런 설마 제가, 저 즐거웠다고 남도 즐거우리라, 순진한 착각을 하고 있는 건 아니겠지요?

아무쪼록 저의 벗은 몸 같은 이야기가, 같은 듯 다른 몸을 가진 많은 벗님들에게 잔잔한 감동과 재미를 드리는 것이면 좋겠습니다.

2020년 10월

현정원

차례

1부

2018. 1. 29.

데이비드 호크니와 까만집

이곳이 바닷가 옆이라는 점이 아주 마음에 듭니다. 문을 열고 나가면 넓고 멋진 공간이 펼쳐집니다. 밖으로 나가 해변을 따라 산책하면 기분이 아주 좋아집니다. 브리들링턴의 바닷가 옆에서 제 누나가 한번은 이렇게 얘기했습니다. "가끔 나는 공간이 신이라고 생각해." 대단히 멋진, 시적인 생각입니다.(『다시, 그림이다』, 마틴

게이퍼드 저, 주은정 역, 디자인하우스, 2012)

서재에서 데이비드 호크니의 글을 읽다 새삼 내가 있는 곳을 생각한다. 제주, 판포리…. 풍력발전기들이 우뚝 선 바다와 이 겨울에도 푸른 밭과 검은 돌들에 둘러싸인 우리의 새 집…. 집을 옮겨온 지 벌써 열닷새가 됐다.

이삿짐을 들여놓던 날은 비가 많이 왔다. 그럼에도 어떻게나 기분 좋게 일을 해주던지, 지금도 이삿짐센터 여러분들을 생각하면 고맙고 감사하다. 덕분에 이사떡은 해가 지고 나서야 돌렸다. 다행히 현장소장님의 소개로 급하게 주문한 팥떡은 맛있었고, 집을 짓는 동안 무척 시끄럽고 소란스러웠을 텐데(제주의 바람을 생각해 집 전체를 암반을 1m 파고 지었다), 이웃들 모두 환한 얼굴로 우리를 환영해주셨다.

이사는 왔지만 공사가 완벽하게 끝나지는 않아 이사한 다음날부터 다시 정신이 없었다. 인터넷과 CCTV를 설치하고, 화장실 수전과 거울을 부착하고, 내부 전등과 난방기구를 보강했다. 어제, 가까이 있는 판포교회에서 예배를 드리고 나니 이제 겨우 한시름 놓이는 기분이다.

부엌으로 내려가 차를 탄다. 부엌 창으로 보이는 돌담이 정겹다. 집을 빙 둘러 현무암 돌담을 쌓았다. 세 면은 집 기초를 다질 때 나온 돌로 쌓고 길가에 면한 부엌쪽 담은 일부러 묵은 돌을 구입해 쌓았다. 부엌 돌담 위로는 검은 스테인을 칠한 콘크리트 벽이다. 덕분에 집 외관이 조금 특별해졌다. 돌담의 향토미와 검은 콘크리트의 도시미가 섞여 있다고나 할까.

차를 한 모금 문 채 부엌 돌담을 가만히 바라본다. 울퉁불퉁한 돌틈 사이로 하얀 빛이 비쳐든다. 삐죽빼죽 돌틈 사이로 아침 해가 부엌 안을 들여다보고 있다. 밤에는 빛의 방향이 반대가 된다. 부엌의 등잔불이 돌담 틈새로 새어나가 담장에 내려와 붙은 별처럼 반짝인다. 호크니의 누님은 공간이 신이라고 했던가. 틈새야말로 예술이라는 생각을 해본다.

그런데 이래도 되는 건지 모르겠다. 외부공사가 아직 많이 남아 있는데 준공검사를 통과했다는 이유로 설계·감리와 시공을 맡아준 에이라운드와 케이알, 두 분 소장님께 계약상 잔금을 모두 드렸다. 하기는 계약은 계약이니까.

소장님들, 믿습니다.

2018. 2. 8

아빠, 이제 그만 쉬세요

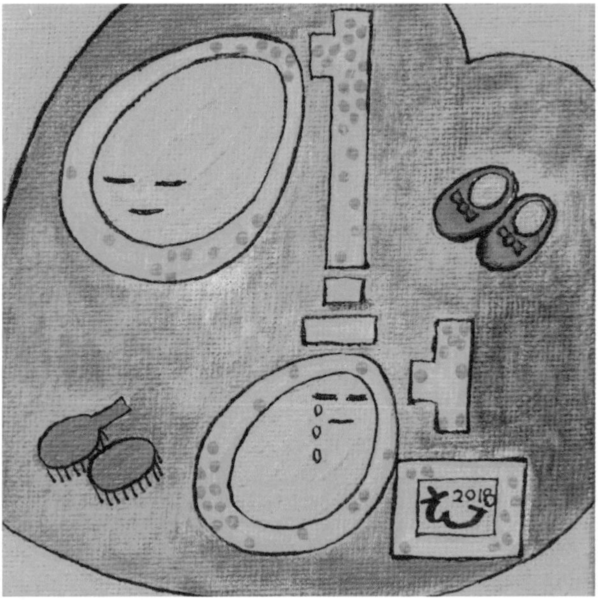

지난 3,4일의 일들이 꿈만 같다. 꿈은 월요일, 동생 경원의 전화로 시작됐다. 카톡 봤냐며, 아빠가 중환자실로 옮겨졌는데 상태가 좋지 않다고 하는. 안 그래도 지난 주 오빠의 연락을 받고 화요일(내일) 비행기 표를 예매해두긴 했었다.

전화를 끊자마자 가방을 꾸려 집을 나섰다. 눈이 오고 있었다.

덜덜덜, 덜덜덜, 왜 그렇게 몸이 떨리는 건지….

공항 의자에 앉아 기다리는데 스마트폰이 진동했다. 경원의 카톡이었다.

'임종.'

순간, 계속되던 몸의 떨림이 멈췄다, 이상하게도.

염습.

화장.

낯선 일들이 내 눈앞을 지나갔다.

마음인지, 뇌인지, 내 안의 누군가가 아빠에게 보내는 편지를 반복해 쓰고 있었다.

아빠, 이제 편히 쉬세요. 이제 노심초사 그만하시고 이제 그만 애쓰세요.

아빠, 아빠 앞에서 구구단을 외우는 제 모습이 떠올라요. 아빠가 만들어준 연습장에 아빠가 깎아준 연필로 글씨를 쓰고 그림을 그렸었지요. 커다란 함지박에 따뜻한 물을 채워 몸을 씻어주고 손톱발톱을 깎아주고 등교할 때면 그새 먼저 나가 신발에 앉은 먼지를 털어주시던 아빠.

아빠의 '어험' 소리가 어디선가 들려오는 것 같아요. 어릴 적 단독주택에 살 때 대문에 들어서며 내뱉던 괜한 헛기침! 아빠의 어험 소리가 들리면 뭔가에 열중하다가도 형제들 모두 문간에 달려

나가 '안녕히 다녀오셨어요'를 외쳤었지요.

양처럼 순하기만 했던 아빠!

아버지의 성실과 책임감, 가족을 위한 부단한 노력을 저는 도무지 이해할 수 없어요. 어떻게 하루도 빠짐없이, 지쳐 짜증내는 법도 없이, 그렇게나 열심히 살 수 있으셨는지요.

얼마 전 병원을 옮기던 날, 오빠가 운전하던 차 안에서의 광경이 잊히지 않아요. 아빠는 새언니가 숟가락으로 떠주는 요플레를 어린 아이처럼 순순히 받아드셨지요. 수술 받은 허리가, 다리가, 몹시 아프고 불편했을 텐데, 한마디 불평도 없이, 천천히 다리를 올렸다 내리기를 반복하시면서.

경현과 찾아뵀을 때 그렇게나 환하게 웃으셔서, 좋아지는 것으로만 알았었는데….

아빠, 감사합니다. 저를 낳아주고 길러주셨어요. 아빠의 사랑과 노력, 그 열심 덕분에 제가 이 자리에 있어요.

아빠, 편히 쉬세요. 이제 그만 노력하고 이제 그만 참으세요. 더 이상 아픔도 고통도 없이 좋은 곳, 그곳에서요.

2018. 2.15

용머리 해안

희범과 희재가 판포리 까만집에 설을 쇠러왔다. 아침을 간단히 먹고 세 부자를 산책 보낸 후 어제 공항에 마중가다 하귀농협에 들러 사온 재료들을 꺼낸다. 갈비찜과 잡채, 전, 나물과 밑반찬용 재료들…. 다들 대충 사먹자고 하지만 언젠가 맞이할 새 식구(며느리가 귀엽게, 맛있게 먹는 걸 상상해보라!)를 생각하면 그럴 수가 없다. 이제까지처럼 대충대충 사먹으면 자꾸 꾀가 나 점점 안 하게 될 것 같아서다. 이왕 환경이 바뀐 김에(실은 주변에 반찬가게가 없다) 습관도 바꿔보자는 결심이다. 오랜만에 아들들에게 엄마밥을 먹일 생각을 하니 일하는 게 오히려 즐겁다.

잡채와 전이 아직 안 됐는데 세 남자가 들어온다. 들어오자마자 손을 걷어붙이는 녀석들! 결국 세 가지 전은 아들들 몫이 된다.

점심을 비빔밥으로 먹고 아버님까지 함께 드라이브에 나선다. 신창리 해변을 시작으로 수월봉, 송악산, 산방산, 용머리 해안…. 옆으로 달리는 아름다운 바위 결을 따라 걸으며 고개를 드는 순간, 눈에 들어온 장면에 화들짝 입이 벌어진다. 파란 하늘과 노란 바위와 바위 위에서 내려다보듯 고개를 내민 푸릇한 나뭇잎들…. 곱게 색이 바란 채 흔들리고 있는 억새들.

거센 바람을 견디며 용머리해안을 돌아나오는데 한 아저씨가 현무암 웅덩이를 들여다보고 있다. 다가가 보니 웅덩이 안에서 손바닥보다 조금 큰 물고기가 빙빙 돌고 있다. 밀물 때 물을 따라 들어왔다 썰물 때 바다로 나가지 못하고 갇힌 것이리라.

아저씨가 물고기를 집어올린다. 순간, 물고기가 동그랗게 배를 부풀린다. 복어다!

넓디넓은 바다를 바로 앞에 두고 조그만 웅덩이에 갇힌 복어가, 잠깐의 실수로 자유와 기타 등등을 잃은 녀석이 딱하고 안쓰럽다. 비단 복어의 일만은 아닐 안타까운 상황을 바라보며 조금만 더 견디라고 녀석에게 마음속 응원을 보낸다.

경현이 뒤돌아 멈춰선 채 나를 부른다. 또 뭐에 홀려 꾸물거리고 있냐며 눈까지 흘기고 있다.

2018. 2. 17

하귀리 한라산

희재와 함께, 먹다 남긴 수육을 들고 집을 나선다. 경현이 차를 빼는 동안 어촌계장님댁 강아지에게 갖다주고 싶어서다.

먼발치에서 강아지가 꼬리를 흔든다. 그새 낯을 익힌 거다. 어촌계장님은 우리가 이사 오기 전 교통사고로 현재 병원의 중환자실에 입원 중이다. 집에 아무도 없어 강아지는 이웃의 누군가가 돌봐준다.

강아지 밥그릇에 고기를 조금 부어넣는다. 어리둥절한 표정으로 우리를 쳐다보는 녀석. 희재가 고기를 한 점 집어 녀석에게 내민다. 고기를 입에 문 녀석이 자기 집 뒤로 가 흙 위에 가만히 내려놓는다. 하지만 곧 고기가 껌인 양 질겅질겅, 무지무지 맛없는 음식인 양 윗입술을 들어올린 채 천천히 씹기 시작한다.

수육을 녀석 옆에 남겨둔 채 차를 탄다. 공항에 갈 참이다. 희범은 회사 일로 어제 먼저 갔고 희재만 남아 하루를 더 보냈다.

희재와 헤어지고 집으로 가는 길. 차창 밖으로 한라산이 지나간다. 또 지나간다. 또, 또 지나간다. 서쪽에서 보는 한라산의 모습은 남쪽과 많이 다르다. 조금 못 생겨 보이는 듯도 싶고 그럴 땐 한라봉을 닮은 것도 같다.

한라산 비스듬한 방향으로 비행기가 내려온다. 희재가 타고 갈 비행기인지도 모르겠다. 시간이 빨리 갔다. 어느새 3박 4일이 훌쩍 흘러 아들들이 다 가버렸다. 매끼 밥해줄 생각에 살짝 걱정도 했었는데 어느새….

쓸쓸해진 마음 한구석으로 고기를 느릿느릿 씹어 삼키던 강아지의 모습이 파고든다. 걱정과 함께다. 나는 그 정도로 자란 마당개는 고기를 한 입에 삼켜버릴 줄 알았다.

녀석, 체하면 어떡하지? 강아지에게 돼지고기 주면 안 되는 건 아니겠지? 혹시 토하기라도 했으면 어쩌나.

녀석을 기쁘게 해주고 싶어 한 일인데 이제와 후회가 막급이다. 역시 강아지용 간식을 줬어야 했다.

앉아 있던 강아지가 벌떡 일어나 꼬리를 흔든다. 차창 안쪽의 나를, 내 얼굴을 본 걸까? 어쩌면 우리 차 소리에 익숙해졌는지도 모르겠다. 녀석이 자기 경비구역에 우리를, 우리 집을 포함시킨 것인지도….

꼬리를 흔들며 반가워하는 녀석을 보며 아직까지는 별 탈이 일어난 것 같지 않아 가슴을 쓸어내린다.

2018. 2. 19

일기장과 흰 블라우스

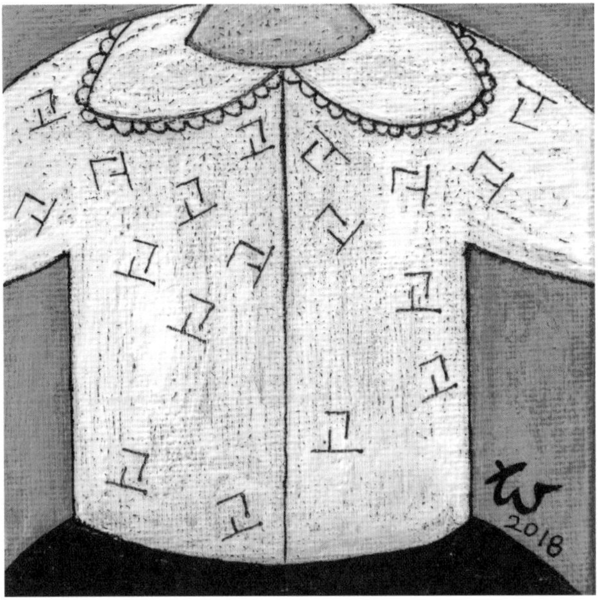

구정 연휴가 끝나고 일상으로 돌아온 월요일. 눈이 비로 바뀌고 얼음이 녹아 물이 된다는 우수답게 마당 여기저기 빗물 웅덩이가 만들어졌다. 오늘은 현장소장님도 쉬신다고 했다.

뭔가 허전하다. 한가한 곳으로 하릴없는 나들이나 나서야 할까.

며칠 전 TV에서 본 동백마을 풍경이 머리를 스친다.

채널을 돌리는데, 한 할머니가 길에서 뭔가를 줍고 있는 장면이 눈에 들어왔다. 동백나무가 늘어서 있는 곳이었고 자그마하지만 자세가 바른 할머니였다.

방송을 통해 할머니를 알아가며 나는 속으로 연신 감탄했다. 94세 할머니가 동백 열매를 주워 용돈을 번다는 말 때문은 아니었다. 그 연세에 경제활동을 하고 계시다는 것도 놀라운 일이지만 할머니에게는 나이를 의심케 하는 바름이, 고움이, 정정함이, 총명함이 있었다. 아버지가 치매를 앓아서인지 나는 할머니가 무척 부러웠다. 할머니에게 총기를 유지하는, 아름답게 늙어가는 비결을 배우고 싶었다.

할머니에게는 장성한 7남매 외에 특별한 보물이 있었다. 몇 십 년 동안 하루도 거르지 않고 써온 일기장이었다. 내용이 특별하지는 않았다. '장에 가고 밭 매고 집에서 그냥 쉬고'와 같이 평범한 일상을 아주 담백하게 표현한 하루 한 줄의 일기였다. 문장마다 '고'로 끝나는, 내일이 또 내일로 이어지는….

다른 것은 몰라도 할머니의 일기만큼은 따라해보자는 생각이 들었다. 시작한 지 얼마 되지 않은 이 그림일기만이라도 처음 마음먹은 대로 2년 동안 지속해보자는.

늦은 점심을 먹고 동백나무 보러가자고 경현을 조른다. TV를 통해 새삼 발견한 동백나무 줄기의 아름다움을, 미색 같기도 하고 옅은 회색 같기도 한 가는 줄기들이 굵은 다발을 이룬 모습을 직접 보고 싶다.

차가 한경면을 벗어나지 않았는데 스마트폰이 운다. 시어머님이 돌아가셨다는 시누이의 전화다. 아이들 어렸을 때, 남쪽 지방을 여행하다 댁에 들렀을 때, 젊은 사돈인 우리 부부를 어려워하며 삼복더위에 긴 팔 흰 블라우스 차림으로 닭백숙을 해주셨던 분이다. 연신 땀을 닦아가며 맛있게 먹고 있는 우리 가족을 흐뭇한 눈빛으로 바라보셨던 분.

사돈의 부고가 얼마 전 이별한 아빠를 떠올린다. 가족을 향한 부단한 헌신과 더할 수 없는 인내로 이끌어온 인생이 서로 닮아서일까.

동백 숲으로 가려던 차를 돌려 집으로 간다. 비행기 표 예매도 해야 하지만 이 마음으로는 동백꽃을 볼 수 없을 것 같아서다. 핀 채로 지는 동백꽃을 도저히 볼 수 없을 것 같아서다.

2018. 2. 28

세 잔의 차

어제 동생 경원이 판포리 우리 집에 왔다. 두 밤 자고 일요일 오후에 갈 거라고 한다.

경원과 동네산책으로 아침을 시작한다. 이곳저곳, 느릿느릿 마을을 기웃거리다 어촌계 식당으로 가 이른 점심을 먹는다. '집에 가 맛있는 커피를 내려줘야지' 하는데 경원이 동네 카페 매상 좀 올려주자고 한다. 동네 카페라면 마을 입구에 있는 모작뿐. 안 그래도 1월 내내 문을 닫고 있어 궁금하던 참이었다.

아이보리 색 두툼한 잔에 담겨 나온 아메리카노의 풍미가 깊고 진하다. 경원과의 대화도 깊고 진하게 이어진다. 어제 경현과 셋이 갔던 〈국제합창페스티벌〉을 시작으로 읽고 있는 책에 대해, 현재의 신앙에 대해 그리고 인격 좋은 친구에 대해 이야기를 나눈다.

2시간쯤 지났을까, 화장실에 다녀오겠다며 자리에서 일어난 경원이 다시 차를 주문해야 할 것 같다며 내게 무엇을 시켜줄까 묻는다. 엉겁결에 레몬차를 부탁한다.

아메리카노 잔은 거두어지고 테이블에 레몬차 잔이 놓인다. 잔받침의 테두리가 레이스 모양으로 뚫려 있는 하얀 자기 잔이다. 그 어여쁜 잔에 노랗게, 동그랗게 떠 있는 레몬을 바라보고 마시며 새콤달콤한 수다를 이어간다. 경원의 며느리 이야기, 손자 이야기…. 며느리도 손자도 없는 나는 할 수 없이 내 이야기….

모작을 나와 경현을 전화로 불러낸다. 경현과 함께 차를 몰아 월령리를 향해 간다.

차에서 내려 해안가를 걷는다. 연회색 하늘과 푸른 바다와 검은 바위들. 그리고 저 멀리 느리게 돌고 있는 풍력 발전기들…. 길가 밭에는 백년초가 가득하다. 바닷가 현무암 바위틈에도, 돌담장 위로도, 빨간 열매를 매단 선인장이 밭작물처럼 피어 있다.

한참 걷다 보니 경원의 옷이 얇다는 생각이 든다. 아무래도 어디든 들어가 몸을 덥혀줘야 할 것 같다. 경현과 경원에 눈짓하며 무작정 달달카페의 문을 연다. 백년초차를 주문한다.

유리잔 안에서 밝게 빛나는 붉은 보랏빛 차. 찻잔을 들어 찻물을 한 모금 머금어본다. 상큼한 풀냄새가 코 속으로, 입 안 가득 머리까지 퍼져 오른다. 좋은 하루라는 생각을 해본다, 세 잔의 차와 함께한. 행복한 하루라는 생각을 해본다, 세 명의 벗과 함께한.

2018. 3. 3

제주 들불축제

오늘은 들불축제가 열리는 날이다. 좀 더 정확히 말하면 축제의 셋째 날로 봉성리 새별오름에서 '오름불놓기'를 하는 날이다.

7시 40분에 시작하는 달집태우기를 보기 위해 3시 30분경 집을 나선다. 우리(아버님과 경현과 나)로서는 무척이나 일찍 집을 나선 건데 근처에 가니 도로에 차들이 이미 가득하다. 이 상태로는 주차장에 차를 댈 수 없지 싶어 그리스로마 신화박물관에 차를 대고 걷는다.

공연 소리가 스피커를 타고 귀를 왕왕 울린다. 하늘에는 예쁜 연들이 날아오르고 끝없이(?) 늘어선 하얀 지붕에서는 맛있는 냄새가 퐁퐁퐁 솟아난다. 사람들이 무지 많다. 내가 이렇게 많은 사람 가운데 한 사람이라는 느낌이 묘하다. 각자의 나가 이렇게 큰 무리를 만들었다는 것이….

경현이 제안을 한다. 셋이 함께 다니면 사진 찍기가 쉽지 않겠다며 각자 자유롭게 돌아다니다 약속 장소에서 만나자고 한다. 미아보호소 앞으로, 장소만 정해놓고 각각 헤어지자는 말이다. 머뭇거리는 사이, 경현은 슬그머니 사라져버리고 어영부영 남은 아버님과 나만 어색하다. 아버님께 뭐 사드릴까요, 여쭈어보지만 별로 드시고 싶은 게 없다고 하신다. 결국 옥수수만 사드리고 나도 카메라를 고쳐 매며 아버님 곁을 떠난다.

젊은 밴드의 금속성 외침을 뒤로 들으며 행사장을 빠져나온다. 올 때보다 훨씬 많은 사람들과 한 방향을 향해 걸으며 뒤늦게 아쉬움을 느낀다. 사진 좀 찍어보겠다고 사람들 없는 곳만 찾아다니다 축제에 충분히 몰입하지 못했다. 적어도 구립무용단의 창작극은 정면에서 봤어야 했다. 아버님께도 죄송하다. 혼자 나름 즐거웠다고는 하시지만 이런 날이 자주 있는 것도 아닌데….

그럼에도 다행한 것은 외진 곳에 있어 말테우리 가족의 봉화

전달 모습을 가까이서 보았다. 폭죽을 머리 바로 위에서 느꼈다.

경현이 운전하는 차 안에서, 오름 전체로 번져가던 노란 불길을, 하늘로 솟구치던 붉은 연기를 떠올린다. 능선을 따라 둥근 호를 그리며 타오르던 불빛이 하얗게 빛났었다. 하늘에서는 폭죽이 터져 내리고 멀찌감치 떨어져 있음에도 온몸으로 열기가 홧홧 달려들었다.

'오름불놓기'는 중산간 초지에 불을 놓아 해묵은 풀과 해충을 태워 없애던 풍습을 모토로 한다고 한다. 어렵고 힘들었던 지난 것을 태워 없애고 좋고 행복한 것을 움돋게 하려는 정신이 아름답고 희망차다. 행사에 참가했으니 내 안의 나쁜 것들도 태워졌기를 바라본다. 그래서 선하고 좋은 것들로만 빛나기를.

2018. 3. 9

전갈자리

매일, 그것도 하루 종일 붙어 있어서일까? 아님, 막바지 집짓기에 지치고 시달려서일까?

이즈음 경현과 부딪치는 일이 잦다. 어떨 땐 그 사람, 내가 사랑한 그 남자 맞나 싶기도 하다. 오늘 아침에도 침실 벽지가 젖은 걸 보고 실랑이가 일어났다. 나는 새시의 미세한 틈으로 빗물이 스며든 것 같은데(판포리의 비바람은 360도 방향전환이 가능하다), 경현은 제주의 습한 공기와 침실 목욕탕의 습기로 결로가 생긴 것이라며 어제 밤 샤워하고 환기를 제대로 안 한 것 아니냐고 되묻는다.

어이가 없다, 어떻게 거기에 그런 이유를 갖다붙이는지…. 이혼 사유로 들먹여지는 성격차이란 게 이런 것일까?

불쑥, 두 사람의 성격이 궁금해진다. 스마트폰으로 인터넷을 뒤진다. 360도(?) 생각전환을 위해 우리 부부의 별자리 성격을 찾아볼 참이다. 나는 전갈자리다.

> **전갈자리에서 태어난 사람은 침착한 통찰력과 신중함을 지니고 있다. 말수도 적고 겸손해 보인다. 그러나 일단 반격에 나서면 상대가 두 손을 들 만큼 강한 힘을 가지고 있다. 이들은 사람의 마음을 예리하게 뚫어보고 어떤 압력 앞에서도 냉정하다. 가식이나 과장된 행동, 위선을 싫어하며 변화를 생명처럼 여기고 그것을 위해 끝없이 투쟁한다. 그리고 결정적인 순간에는 자신의 소중한 것을 지키기 위해 전갈의 독침을 사용하기도 한다. 사람들은 이런 전갈자리 사람들을 쉽게 알 수가 없어 위험한 존재라고 생각하기도 하지만, 대부분의 전갈자리 사람들은 이러한 평가를 어느 정도 즐기기도 한다.**
>
> **— blog 〈5월의 별 헤는 밤〉 중에서**

놀랄 일이다. 단어 하나하나에 머리가 끄덕여진다. 그럼 경현은? 그는 처녀자리니까….

처녀자리는 자신을 희생하는 완벽주의자로 나온다.

내가 고개를 가로젓고 있다. 희생은 내 단어지 그의 단어가 아니기 때문이다(아닌…가? 그야말로 힘들게 식구들 먹여 살리느라 고생했…나?). 쉽게 고개가 끄덕여지는 부분도 있다. 신경질적이고 감정이 불안정하고….

그러고 보니 참 신통방통하다. 우리 부부 다툴 때의 모습을 떠올리면 별자리 성격이 다 맞는 것 같다. 별 일 아닌 일에 짜증 한 번 부렸다가 신중하고 독하게 따져대는 나를 어쩌지 못해 우물쭈물 말도 못하고 붉으락푸르락 쏘아보는 경현이고 또 나이고 보면…. 그렇다는 말은, 성격이 자기 마음대로 되지 않는다는 이야기다.

오늘은 별자리에 기대 너그러워지기로 마음먹는다. 부부싸움에 독침 같은 거 사용하지 말자고 다짐도 해본다. 칼로 물 베기여야 할 부부싸움에, 결정적일 리 없는 그런 일에, 그 무시무시한 걸 사용하면 가장 소중한 것을 잃을 수도 있잖니, 정원아….

2018. 3. 11

커트

"사모님도 머리 자르셨네요."

속으로 '드디어'를 외친다. 아니, '이제야'를. 그 긴 머리를 싹둑 잘라버렸건만 다들 약속이라도 한 듯 아는 체하지 않았다, 무려 5일 동안. 하기는 오늘도 내가 먼저 말하기는 했다, 소장님께. 머리 자르셨네요, 하고.

긴장한 표정으로 내가 어색하게 묻는다. 어때요, 소장님…?

"헤어스타일이 바뀌니까 사모님 많이 달라보이는데요?! 저는, 개인적으로, 머리 긴 모습이 더 좋은 것 같기는 해요."

"그죠…."

방으로 돌아와 생각한다. 내가 왜 머리를 잘랐더라? 불쑥 성질이 나서 자르긴 했는데, 잘라내고 싶은 그 무엇 대신 괜한 머리칼에 손을 댄 것 같기는 한데…. 어휴, 겨우 5일 만에 원한과 복수심을 잃어버리는 나라니!

머리를 자르니 편했다, 머리 감기도 머리 손질하기도. 아직은 해보지 않았지만 헤나도 손쉽게 할 수 있을 것 같았다. 보기도 그냥저냥 괜찮아, 여성미는 많이 없어졌지만 대신 도시미(?)가 생긴 것도 같았다. 그 바람에 잊은 걸까? 마냥 나쁘지만은 않아서?

다시 생각해본다. 내가 뭘 잘라냈더라, 경현에게 삐지면서 사달을 냈으니….

일단, 말을 잘라낸 건 확실하다. 모든 문제가 말이 많아지면서 생기는 것 같아서다. 너무 잘하려는 마음도 잘라낸 것 같다. 내가 생각하는 '잘'과 그가 생각하는 '잘'이 자주 충돌을 일으키는 것 같아서다. 너무 잘하지는 말고 보통 잘하기로 결심했다고나 할까. 양보와 희생도 잘라냈지 싶다. 내 입장에서는 양보요 희생인데 그에게는 할 만한 '선택'으로 받아들여짐을 알게 되어서다. 그리고 또….

며칠 전 신문에서 읽은 올리버 색스의 기사가 생각난다.

출처에 무관심한 우리의 뇌는 '우리가 읽고 들은 것'과 '타인들이 말하고 생각하고 쓰고 그린 것'을 통합하여, 마치 1차기억인 것처럼 강렬하고 풍부하게 만든다. 덕분에 우리는 타인의 눈과 귀로 보고 들을 수 있고, 타인의 마음속에 들어갈 수도 있으며, 예술, 과학, 종교가 포함된 문화를 완전히 이해할 수 있다.

경현을 자꾸 나처럼, 내 생각대로 만들려니 문제가 생기지 싶다. 그는 그대로 나를 자기처럼, 자기 생각대로 조정하려 하고…. 경현이 회사에 매여사는 동안(짧게 잡아 25년) 경현과 나 각각 서로 다른 사람, 다른 환경, 다른 일, 다른 책으로부터 서로 다른 영향을 받아 서로 다른 기억을 가진, 이전과는 많이 다른 사람이 되어 있을 텐데 말이다. 어쩌면 내가 잘라내야 할 것은 고정관념인지도 모른다. 현실에 맞지 않는 이상理想. 부부는 항상 같은 마음으로 같은 곳을 바라보며 뭐든 함께하고, 뭐든 공유해야 한다는 그런….

2018. 3. 18

잔디 심기

성가 연습하고(오늘 판포교회에서 첫 성가를 올렸다) 교인들과 함께 점심을 먹은 뒤 커피를 마실 때였다. 아름다운 돌담 사장님이 전화를 하셨다. 잔디 실은 차가 가고 있는데 집 주소를 모르니 잔디 운반하는 사람에게 알려주라며….

사실 잔디심기는 그저께 하기로 되어 있었다. 비가 온다며 돌담 사장님이 돌연 무기한 연기한 터라 안그래도 궁금해하던 참이었다.

"그럼 잔디는 언제 심나요? 오늘 심나요?"

"오늘은 안 되고…, 내일부터 3일 연속 비가 온다고 하니까."

"잔디, 심지 않고 여러 날 놔둬도 괜찮은 건가요?"

"그럼요. 괜찮고 말고요."

"사장님, 어제 화원 아저씨가 나무 심으면서 땅을 평평히 골라 놓았거든요. 잔디, 그냥 제가 남편이랑 심어볼까봐요. 잔디 심는 거 많이 어려운가요?"

"아니에요, 한번 해보세요."

잔디 차가 근처에 왔다는 전화를 받고 달려 나간다. 내비게이션 할 줄 몰라 근처 오면 전화하겠다고 하더니 다행히 집을 잘 찾은 모양이다. 그런데 차에서 내린 사람은 나이 지긋한 아줌마와 연세가 아주 많아 보이는 할머니! 집 안까지는 어렵고 집 입구에 잔디를 내려놓겠다고 하신다. 슬쩍 당황하고 있는데 경현이 잔디 심어주실 수 없냐고 묻는다. 역시나 꾀돌이 남편이다. 아줌마와 할머니도 경현의 수고비 흥정이 마음에 들었는지 흔쾌히 심어주겠다고 한다.

작업하려면 먼저 점심부터 먹어야겠다는 두 분을 식당에 보내드리고 경현과 잔디를 옮긴다. 내가 트럭에서 잔디를 내려 커다란 스텐 양푼에 담아주면 경현이 그것을 마당에 부리는 방식이다. 두 분은 영차영차 5,000장의 잔디가 거의 옮겨졌을 때 오셨다. 그 후의 일은 척척착착 일사천리다.

두 분의 모습을 보며 새삼 감탄한다. 정말이지 제주도 여성들 대단하다. 90이 다 된 할머니들도 움직일 수만 있으면 일하신다. 누구에게 신세지는 거 싫어하고, 공짜 좋아하지 않고, 자립심 강하고….

비가 내린다. 앞으로 3일 연속 오겠다는 비다. 마당을 내다본다. 매화를 시작으로 홍매화, 산수유, 개동백, 먼나무, 하귤, 꽃사과, 대추나무…. 모두 어린 나무다. 나무시장 사장님이 가지치기를 해줘 안 그래도 작은 덩치가 비실비실 더 작아졌다. 그래도 뿌듯하다. 잔디를 심으며 아줌마가 둥글게 파놓은 둥걸 밑 흙마저 나무의 보좌인 양 멋지게 느껴진다.

어린 나무의 여린 가지에 하귤이 두 개 달려 있다. 노랗고 둥그런 그것이 내 마당에 내려온 보름달(그것도 두 개나)인 양 내가 괜스레 웃는다.

2018. 3. 30

한림수목원의 야자수

차에 시동을 거는데 광욱으로부터 카톡이 온다. 신라면세점에 사진 찍을 일이 있어 오늘 저녁 제주에 온단다고(광욱은 경현과 나의 어릴 적 교회 친구다). 경현이 광욱에게 집으로 오겠냐고 묻는다. 광욱이 차를 빌리지 않았다며 택시로 갈 만한 거리냐고 되묻는다. 결국, 경현과 내가 광욱의 비행기 시간에 맞춰 면세점 근처로 가기로 한다.

엑셀을 밟아 차를 한림공원으로 몬다. 광욱을 만나기 전, 아침에 계획한 대로 사진을 찍어볼 참이다.

한림공원 입구에서부터 야자수에 눈길을 빼앗긴다. 등걸에 이파리가 잘리며 남긴 단면들이 아름다운 흔적을 그리고 있다. 어떤 것은 옆으로 긴 다이아몬드가 붙고 쌓인 모양으로, 어떤 것은 하얀 반점이 박힌 기둥이 비죽배죽 서 있는 모습으로, 어떤 것은 길고 가는 선이 촘촘히 박힌 그물섬유의 질감으로 등걸 가득이다.

가까이 잡아당겨 찰칵 찍는다! 옆의 또 옆의 것도 바싹 당겨 찰칵찰칵!

어느새 동굴 입구, 경현이 들어가자고 한다. 나는 그러고 싶지 않다. 다르다 다르다 별 게 다 다른 부부다. 경현은 동굴같이 음침(?)하고 신기한 곳을 좋아하지만 나는 막히거나 닫힌 곳, 어두운 곳이 싫다. 그러고 보니 경현과 나는 사진 찍는 것도 많이 다르다. 경현은 장엄한 광경을 보다 드라마틱하게 찍는 걸 좋아하고 나는 대상의 일부를 잡아당겨 입체를 평면처럼 찍는 걸 좋아하고…. 결국 동굴 출구에서 만나기로 하고 경현과 헤어진다.

혼자가 돼서일까?(설마…!) 홀가분한 마음으로 신나게 셔터를 누르며 앞으로 나아간다. 손과 눈이 바쁘게 찰칵 찰칵 찰칵이다. 옆으로 길게 늘인 벌집처럼 보이는, 검은 색 털옷을 걸친 듯한, 마름모꼴 타일을 붙인 것 같은, 코끼리 가죽인 양 거칠거칠한 야자수의 등걸 또 등걸들을 뷰파인더로 불러들인다.

방금 광욱을 만나고 집에 왔다. 광욱과는 그림, 음악, 사진에 관한 이야기를 나눌 수 있어 참 좋다. 게다가 좋은 보이차를 갖고 있다며 그걸 보내주겠다고 한다.

2018. 4. 5

엄마와 간병사

새 간병사를 못 구해 엄마가 다인실로 옮겨가야 할지도 모르겠다며 동생 경원이 전화를 했다. 엄마와 오래 지내며 타성이 붙은 것 같다며 새언니가 간병사를 바꿨는데(엄마를 돌봐주는 사람은 전적으로 오빠부부다) 문제가 생겼다고 했다. 엄마는, 새 간병사가 불러도 대답도 안 하고 뭘 해달라고 해도 모르는 척한다며 분

통을 터뜨리고 간병사는 간병사대로 엄마가 잠도 못 자게 못 살게 군다며 불평을 해대다, 결국 엄마가 욕을 입에 담기 시작했고 간병사는 더는 못하겠다며 짐을 쌌다고 했다.

안 될 일이었다. 지금까지의 일로 보아 엄마가 다인실에 적응할 리가 없었다. 간곡한 마음으로 이전 간병사에게 전화를 걸었다. 간병사는 다시 일하는 조건으로 간병비 인상을 요구했다. 새언니도 놀랐던지 그러마고 했다. 당장 비행기 표를 끊었다.

병실 문을 열자 침대에 누워 있는 엄마가 보였다. 얼굴이 퉁퉁 부어 있는 엄마의 등에는 바로 눕지 못하게 하려는 듯 베개가 받쳐져 있었다.

"엄마 나 왔어, 정원이. 엄마 사위, 경현이도 같이 왔어."

엄마가 눈을 떴다. 엄마의 얼굴에 번지는 반가운 기색…. 따라 들어온 간병사가 툴툴댔다. 엄마가 이렇게 많이 나빠진 줄 알았다면 도로 오지 않았을 거라며, 엄마가 자기를 알아보고 반가워하기는커녕, 가라고 욕까지 했다고 구시렁거렸다.

아닌 게 아니라 못 보는 한 달여 만에 엄마가 많이 달라져 있었다. 간병사가 욕창방지연고를 부탁해 이상하다 싶었는데 기저귀까지 차고 있었다. 안 그러려했지만 자꾸자꾸 놀라고 자주자주 목이 막혔다. 엄마 준다고 사 간 모자며, 보리빵이며, 사과며, 참외며, 딸기가 다 소용없게 된 거였다. 망고라도 드릴 수 있는 걸 다행으로 여겨야 하는지도 몰랐다.

"엄마, 몸이 맘대로 움직여지지 않아 화나?"

엄마가 고개를 끄덕였다. 순간 찔끔하고 나오는 눈물….

"엄마, 그래도 간병 여사님께 욕하면 안 돼. 딸도 아들도 못해주는 걸 여사님이 해주잖아. 밤새 옆에서 같이 자고 기저귀도 갈아주고. 엄마, 내가 엄마 사랑하는 거 알지? 엄마 좋은 것만 말하는 거 알지? 엄마, 여사님께 잘해야 돼. 욕하지 말고, 약속…."

엄마가 다시 한번 고개를 끄덕였다. 엄마 손가락을 펴서 내 손가락에 감았다. 어제의 일이었다.

간병사들이 직업적 전문성을 더 갖추면, 직업적 프라이드를 더 가지고 일하면 얼마나 좋을까 생각해본다. 아니 병원이, 개인 간병사를 쓸 필요가 없는 시스템을 갖추고 있으면 정말 좋겠다 싶은.

2018. 4. 11

따라비오름

경현이 가시리 유채꽃축제에 가자고 한다. 속으로 생각이 빠르게 지나간다.

'굳이 축제에 갈 필요가 있을까?'

사실, 집만 나가면 온통 유채꽃이다. 집을 드나드는 길가에도, 이웃의 비어 있는 땅에도, 돌담으로 싸인 밭 가장자리에도, 버스가 다니는 대로변에도 온통…. 여기저기 무심히 핀 유채꽃으로 더욱 어여쁜 제주의 봄이지 않은가.

내 모습이 망설이는 것 같았던지 경현이 덧붙이듯 말한다.

"근처에 따라비오름이 있는데 거기도 들렀다 오자. 따라비오름이 오름의 여왕이래."

"여와앙?! 정말?! 그럼 가야지."

내게, 제주에서 살고 싶다는 생각을 품게 한 건 오름이다. 바다도 좋지만(매일 순간마다 변하는 바다의 색과 냄새라니!) 나는 민둥한 오름들이 너무 좋다. 3년 전, 북촌시사 모임으로 제주에 왔다(모임 하루 전 먼저 와 렌트한 차로 마구 돌아다녔다) 용눈이오름에 오른 것이 오름과의 첫 만남이었다. 그 완만한 능선의 아름다움에 얼마나 감명을 받았던지 나는 그때 오름을 내려오자마자 옆의 다랑쉬오름도 뛰듯이 올랐었다.

가시리에 도착해 표선부녀회라 쓰인 천막에서 비빔밥도 비벼 먹고, 카페에서 아메리카노도 한 잔 사마시고, 유채꽃 들판에서 사진도 찍고, 차를 움직여 드디어 따라비오름 주차장에 차를 세운다.

얼굴을 모자로 가리고, 손도 장갑으로 보호하고, 목에는 카메라를 건 채 오름을 향해 나아간다. 그런데 앞서 걷던 부부가 길을 벗어나 덤불 속으로 들어가는 것이 아닌가! 가시가 따갑다며 아줌마 둘이 덤불을 헤치고 불쑥 나타나기도 한다. 손마다 비닐봉지가 들려 있다. 아하, 고사리!

언젠가 나도 고사리를 꺾어보고 싶다. 과연 내가 잘 할 수 있을지는 모르겠다. 자세히 살피며 나아가다 보이는 하나하나를 분질러 차곡차곡 모아야 할 텐데 그걸 어느 세월에 하나 한숨이 나오고 또 그것들을 알맞게 삶고 딱 좋게 말려야 할 텐데 그건 또 무슨 정성으로 하나 기가 꺾인다.

오름 정상에 올라서는 그 자리에 주저앉고 만다. 펼쳐지는 장광에 눈이 화들짝 떠진 채로다. 능선 밑의 또 다른 능선, 저 멀리 오름, 오름, 오름들…. 용눈이오름에서 느꼈던 감격이 다시금 마음을 휘몰아친다. 계속 앉아 있고 싶다. 자꾸자꾸 보고 싶다, 저만치 이어지고 이어지는 오름의 능선들을….

민둥한 오름이 정말이지 너무 좋다. 부드러운 호로 이어지고 이어지는 제주의 오름이 나는 너무너무너무 좋다.

2018. 4. 14

투란도트

아침 청소를 하고 신문을 읽는데 초인종이 울린다. 동생 경원의 식구들이다. 목요일, 부부가 손자와 함께 제주에 왔는데 며느리가 예약해준 호텔이 우리 집과 멀어 연락하지 않다가 공항 가는 길에 잠깐 들렀다고 한다.

경현이 내려준 커피와 이것저것 갑자기 마련한 과자 등을 먹고 마시다 현관을 나선다. 마당의 물웅덩이마다 달려가 철벅대는 동생의 손자. 짜식, 귀엽다.

부러움을 삼키며 차에 오른다. 동생 가족은 공항으로, 나와 경현은 문예회관으로 출발한다.

회관에 도착해 예매한 표를 바꾸는데 이상하다. 현장구매 하면 50%를 할인해준단다. 깎아주려면 미리미리 예매한 충성고객에게 해줘야지 어떻게 뒤늦게 당일이 되어서야 구매하는 이에게 혜택을 주는가 싶어 내가 프런트에 말한다.

"저희 3만원씩 두 사람, A석으로 예매했거든요. 이 표 취소한 셈치고 현장구매 R석으로 바꿔주면 안 될까요? 만원 남는 거는 저희가 포기할게요."

안내직원이 흔쾌히 그렇게 해주겠다고 한다. 괜히 경현 앞에서 우쭐해진다.

오페라 〈투란도트〉 공연은 그냥 그랬다. 하기는 서울의 대형 콘서트홀과는 입장료부터 달랐으니까. 줄거리가 간략히 요약되어 있어 내용이 쉽게 다가온 건 장점이었다. 〈투란도트〉를 처음 보는 사람이나 아이들에게는 좋았을 것 같다.

집으로 가는 길, 평화로에 들어서면서부터 안개가 앞을 가린다. 20m 앞도 볼 수 없는 무지막지한 안개다. 비상등을 켠 채 조심조심 기어가는 차 안에서 얼음공주가 낸 수수께끼의 답을 떠올린다. 환상으로 이끄는 희망과 석양과 같이 붉게 끓어오르는 피, 그런 피(사랑)를 얼어붙게 하는 투란도트라….

그런데 이거 문제 있지 않나 싶다, 칼라프가 완력으로 투란도트를 끌어안는, 끌어안고 키스하는 것은. 내가 속으로 따지듯 칼라프에게 항의한다.

'칼라프, 상대가 원하지 않을 때, 키스 그런 거 하면 안 돼요. 그거 성추행이거든요. 투란도트가 마음을 바꾸어 당신의 사랑을 받아들였기에 망정이지 그렇지 않았다면 당신은…. 그것이 사랑이라 할지라도 남에게 강제하는 것은 옳지 않아요. 세상 아무리 좋은 것이라도, 사람에게는 거절할(원하지 않을) 자유가 있는 거거든요.'

안개가 점점 더 심해진다. 이제 앞 차의 브레이크 등도 보이지 않는다. 〈바람과 함께 사라지다〉에서 스칼렛 오하라의 마지막 독백 장면이, 〈오만과 편견〉에서 엘리자베스의 새벽 산책 장면이, 동시에 떠오른다. 〈투란도트〉를 봐서일까? 자기가 무엇을 원하는지 알고 있는, 자기가 무엇을 원치 않는지 말할 수 있는, 여성을 보고 난 뒤여서? 세 명 다, 마음이 원하는 것과 원하고 있다고 믿는 것이 살짝 어긋나 있기는 했다. 그러고 보면 우리는 안개 속을 보듯 희미하게 볼 뿐이다, 자기 마음조차도.

2018. 4. 19

잠수종과 나비 그리고 달팽이와 시인

김포공항 게이트 앞 의자다. 마사오사 시키의 하이쿠(『백만 광년의 고독 속에서 한 줄의 시를 읽다』, 류시화 엮음, 연금술사, 2014)를 거듭 읽고 있다. 결핵균이 척추까지 번져 목만 겨우 움직일 수 있을 때 썼다는, 머리를 쳐든 달팽이의 모습에 마루에 엎드려 앞뜰을 바라보는 시인 자신의 모습을 투사했다는, 깨달음이란 어떤 경우에도 아무렇지도 않게 살아 있는 일이라고 부연 설명이 붙은.

でででむし(蝸牛)の頭(かしら)もたげしにも似(に)たり

(달팽이가 머리를 쳐드니 나를 닮았네)

—しき (시키)

어제, 공항에서 바로 달려가 만난 엄마는, 2주 전 너무도 변해 있던 엄마와도 많이 달랐다. 영양섭취는 코줄을 통해서 하고 용변 처리도 소변줄과 기저귀로 하고 있었다. 몸을 움직이는 것조차 마음대로 못해 스스로 앉아 있기는커녕 손을 움직이는 것조차 버거워했다. 말도 알아듣기 어려웠다. 엄마 입 가까이 귀를 대고 들어봐도 귓속으로 들어오는 소리는 웅웅 웅얼웅얼….

점차 엄마 말에 익숙해지면서 엄마가 몇 번이고 반복한 말이 손을 잡아당겨 몸을 일으켜달라는 것임을 알았다. 엄마가 원하는 것은, 등을 침대에서 세우고 엄마 힘으로 다리를 움직여보는 거였다. 다리를 살짝, 1센티미터도 안 되지 싶게 움직여보기 위해 엄마가 그다지도 부단히 애를 쓰고 있었다.

언젠가 본 〈잠수종과 나비〉라는 영화가 생각났다. 프랑스 패션 잡지 『엘르』의 편집장이던 주인공이 뇌졸중으로 쓰러져 몸을 움직이지 못하게 되면서 왼쪽 눈꺼풀로 책을 써내려가는 이야기다. 잠수종에 갇힌 장 도미니크 보비에가 상상을 통해 나비가 되는 이야기.

엄마 손 잡아당겨 일으키기는 3시간쯤 계속됐다. 간병사가 그제부터 이상한 흥분상태가 되어 잠도 안 잤다고 하더니 엄마가 어린 아이처럼 끝없이 같은 동작을 요구하고 있었다.

오늘 아침, 병원에서 다시 만난 엄마는 어제와도 또 달랐다. 축 처져 눈도 못 뜬 채 기침만 자꾸 했다. 어젯밤 잠을 재우기 위해 놓았다는 주사 때문인지도 몰랐다,

괴로운 표정으로 석션을 당하는 엄마를 보며 산다는 게 아니, '살아 있기'가 쉬운 일이 아님을 알았다. 내 입에서 나쁜 기도가, 엄마가 이런 기도를 좋아하실까 하는 불안감과 함께, 흘러나왔다. 엄마가 가시는 날까지 평안할 수 있게 은혜를 베풀어달라는….

언젠가 본 드라마 속 여주인공의 대사가 생가나면서 잠깐이지만 내 걱정도 했다. '죽는 게 무서운 게 아니라 엄마처럼(뇌종양 수술의 후유증으로 괴물이 되어버린) 사는 게 두려운 거'라던….

2018. 4. 29

손님맞이와 윗세오름

생각보다는 몸 상태가 양호하다. 오랜만에 운동을 해 팔다리 어깨 허리에 난리가 날 줄 알았는데, 다행히 발목 근처의 종아리만 당긴다. 하기는 오늘이 문제가 아닐 수 있다. 근육뭉침도 순발력을 잃었는지 작년인가부터는 운동한 다음 날이 아닌, 이틀이나 삼일 후 후유증이 나타나곤 하지 않던가.

어제, 경현 후배들과 한라산 영실에 다녀왔다. 후배란 경현이 회사 다닐 때 한 팀으로 일했던, 무척 아끼는 부하직원들이다. 퇴직 후에도 가끔 만나왔는데, 경현이 이번엔 육지(나도 제주사람이 다 됐다)까지 갈 사정이 안 된다고 하자 그들(4명 중 3명)이 겸사겸사 한라산 등반을 해보자며 내려왔다.

영실은 정말 좋았다, 기암절벽과 철쭉, 사방을 둘러싼 크고 작은 오름들, 우람하게 솟은 백록담 남벽, 고사목과 까마귀까지…. 오랜만에 산행을 하는 나로서는 운동의 강도도 적당하고 이야기를 나누며 걷기에 코스도 완만했다. 그런데 이게 무슨 소리?

몸을 소파로 기울여 낮잠에 빠져 있는 경현의 얼굴을 들여다본다. 굳이 집으로 불러들여 함께 밤을 보내고 새벽부터 공항에 데려다주느라 분주했지만 후배들을 보내고 돌아와 꾸는 꿈은 어느 때보다 달콤할 것 같다. 더욱이, 그 귀한 연휴에 멀리 비행기까지 타고온 후배들이 고마워 산행에 겸해 출사까지 감행한 흰머리 선배이고 보면.

나도 좋았다. 이틀 동안 마음껏 봉사(?)의 기쁨을 맛보았다고나 할까. 김밥을 싸고 채소와 과일 등 간식거리를 마련하고 침구를 준비하는 과정 과정이 산행 계획을 처음 듣는 순간, 떠올렸던 번거로움 혹은 어색함과는 많이 달랐다. 내가 나를 칭찬해주고 싶을 정도로 1박 2일의 마음이 순하고 편했다. 나, 펜션 해도 되는 거 아닐까, 머리가 갸우뚱거려질 정도로….

2018. 5. 2.

신문 읽기

신문 읽는 시간이 길어지고 있다. 흥미를 끄는 칼럼이 많아서다. 의식 저편에서 초조감이 몰려온다. 할 일은 많은데 쓸모가 조금 있는 일하느라 시급하고 중요한 일을 놓치고 있는 건 아닌지 조급해진다. 그렇다고 신문 읽기를 멈출 수는 없다.

'그는 남자였고, 그녀는 여자였다. 그것이 그들 명예의 전부였다'는 장 자크 루소의 『에밀』의 한 문장으로 시작해 '나는 내가 말을 건넨 모든 사람과 가능한 깊이 대화를 나누고 싶다. 나는 열린 들판에서 잠들고 싶고, 서부를 여행하고 싶고, 밤거리를 자유롭게 거닐고 싶다'는 실비아 플라스의 말로 끝낸 〈일사일언〉을 재미있게 읽는다. 여자인 것이 명예일 수 있었던 내 젊은 시절(육체)을 아련히 그리워하고 여자라서 부자유한 세상을 새삼 억울해하면서다.

'죽음이 사라진다면'이란 제목의 〈김대식 칼럼〉을 읽으면서는 살짝 의아해한다. 세상에서 유일하게 자신의 죽음을 인지하는 동물이 인간이라고 하는데, 언젠가 죽을 때 자기 자리를 찾아간다는 동물 이야기를 들은 것 같아서다(그런 것은 여기에서 말하는 '인지'와는 다른 걸까?). 같은 칼럼, '어차피 죽을 거라면 왜 열심히 공부하고 일하고 희생해야 하는가?'라는 질문에서는 잠시 머뭇거린다. 나도 나만의 대답을 만들어보고 싶어서다.

슬그머니 어디선가 본 인터뷰 장면이 떠오른다. '이제 배워 언제 쓰려 하시냐'는 인터뷰어의 질문에 뒤늦게 외국어를 배우기 시작한 나이 지긋한 할아버지는 '다음 생을 위해 준비하는 것'이라 답했다. 멋진 답변이었다. 무엇이든, 언제든, 시작해볼 용기와 이유를 갖게 하는 지혜로운 사후관이 담긴 말이었다. 금번 생은 이만큼, 이렇게, 살더라도 다음 생에는, 또 다음 생에는…. 그렇게 끝없이 다듬어가는 인격은 얼마나 아름다운 것인가!

경현이 부른다. 함께 도서관에 가기로 한 시간이다! 하는 일은 없어도 늘 시간이 부족한 이상한 전원생활자 내가, 다림질은 다녀와서 해야겠다 생각하며 황급히 자리에서 일어난다. 문화심리학자이자 나름 화가, 김정운의 〈여수만만〉의 끝 문장에서 눈을 떼지 못한 채다.

출입문은 꼭 밀어서 여는 문이어야 한다. 조금씩만 보여야 하기 때문이다. 당겨 열면 방 안이 한번에 다 들여다보인다. 그래서 침실 문이 죄다 밀어 여는 방식인 거다. 한번에 다 보이면 서로 낭패다. 타인의 마음도 마찬가지다. 아주 천천히 밀어 여는 거다. 사랑할수록 조금씩 밀어여는 거다.

2018. 5. 10

마르크 샤갈전

방금 〈샤갈전〉을 보고 나왔다. 장소는 강남 봉은사로에 있는 M 컨템포러리 아트센터. 팔 다리 어깨 허리가 아파 일단, 지올리띠라는 카페에 들어간다. 교보문고에서 책을 보고 있을 경현에게 이쪽으로 오라 전화하면서다.

솔직히 실망이다. 서울에 와서, 하고 싶은 많고 많은 일 중에서 고르고 골라 간 전시회인데, 오랜만에 참석한 동서문학회 소설분과 애프터 모임마저 뿌리치고 간 전시인데….

실망한 이유는 단순하다. '샤갈의 회화, 소묘, 판화 등 그의 다양한 작품들을 통해 그의 시각예술의 주요 테마와 스타일을 볼 수 있다'고 선전(?)한 전시회의 전시작품 대부분이 판화였기 때문이다. 그것도 동판화. 동판화가 싫은 건 아니다. 아니, 에칭을 너무 좋아해 한동안 배우기도 했었다. 오죽하면 전시회 가기 전 최종 교정을 본 올해 동서문학회 동인지 작품이 동판화를 소재 삼아 쓴 것이랴. 그러니까 문제는 동판화, 석판화가 많아도 너무 많았다는 것.

아메리카노가 2천원? 내가 내 귀를 의심한다. 어버이주간을 기념해 카페에서 할인행사를 하고 있단다. 경현과 내가 각각 한 잔씩 마셔도 4천원! 경현을 통해 전해진 복된 소식에 씁쓸해야 마땅할 커피가 달콤하게 목구멍을 넘어간다. 이렇게 쉽게 실망감을 털어버려도 되나 싶게 기분이 급 좋아지고 있다(이러니 싸구려라는 말을 듣는 거다, 내 행복감…).

흐뭇한 마음으로 커피를 홀짝이며 전시 안내지를 들여다본다. 아…!

〈길 위에 붉은 당나귀〉를 보는 순간, 아까 전시장에서처럼 경현의 일본 유학시절이 떠오른다. 길 위에 선 슬프고 애처로운 세 식구의 모습이. 아픈 배에 손을 댄 채 힘겹게 걸음을 떼고 있는 경현과 한쪽 손으로는 희범의 손을 쥐고 한쪽 손으로는 경현의 팔을 부축하던 배불뚝이 내 모습.

맹장염이었지만 경현은 수술을 거부했다. 논문심사가 임박해 있어 입원할 수 없다는 게 이유였다. 이번 학기가 문부성장학금 수혜의 마지막 학기인데 심사가 미뤄지면 다음 학기, 세 식구 뭘 먹고 사냐고 했다. 어처구니없는 것은 이 어이없는 주장을 의사가 받아들였다는 것. 경현의 다급함에 의사가 깊이 동감한 것이지 싶다. 결국 경현은 2주의 통원치료를 받으며 약물로 맹장염을 극복했다. 병원까지 전철을 타고 걷고 하면서…. 믿기 어렵겠지만, 통원치료를 받기 시작한 첫 며칠은 경현이 한 걸음을 떼는 데 10초 이상 걸렸다. 그렇게 택시값마저 아낀 한 걸음 한 걸음으로, 붐비는 전철을 타고, 병원을 다녔다. 그것도 홑이지면 죽기라도 하는 양 배부른 아내와 어린 아들까지 똘똘 뭉쳐….

내게 그런 시절이 있었다, 슬프고 안타깝고 애틋한, 되돌아보는 지금은 잔잔한 울림으로 그리워지는 그런 시절이….

2018. 5. 19

해피 살아나다

계란 노른자를 맛있게 핥아먹으며 어젯밤, 해피가 삶으로 돌아섰다. 아침엔 통조림 닭가슴살을 덩어리째 와구와구 씹어 삼키기까지 했으니 이제 한시름 놓아도 되겠다. 힘차게 돌아다니지는 못해도 여기저기 기웃대는, 뻗대지는 않아도 고개나 발을 움찍대는 해피를 안고 새삼 경현에게 감사한다. 먹지 않으려는 녀석에게 포카리스웨트를 손가락에 묻혀 핥게 하고, 통조림 국물을 코끝에 찍어줘가며 해피를 살려냈다. 원하면 링거는 줄 수 있지만 자칫하면 맞는 중에 죽을 수 있다며 의사도 포기한 해피를 말이다.

처음엔 그냥 그런 단식인 줄 알았다. 바로 전, 해피의 변이 좋지 않았던 탓에 경현과 나는, 동물의 영리함으로 해피가 스스로 몸을 돌보는 줄 알았다. 그런데 해피의 단식이 3일째로 이어졌다. 자기 자리에서 나오려고 하지 않는 해피를 끌어올려 안아보면 축 늘어진 몸이 그렇게나 부드럽고 포근할 수가 없었다. 품에 안고 뽀뽀를 하면 10초를 못 참고 버둥대던 평소와 달리 안긴 채 1분이고 3분이고 꼼짝도 안 했다. 해피가 솜인형이, 밭은 숨소리를 내는 헝겊인형이 되었다. 이러다 죽으려나 하는 생각도 들었다. 열다섯 살이고 보면 그렇게 생각하는 게 이상한 나이도 아니었다.

그런 와중에 희범에게 전화가 왔다. 엄마인 내게 보내는 SOS였다. 즉시 비행기 표를 구해 그 밤으로 마포 집에 갔다. 어쩔 수 없이 해피는 경현에게 맡겼다. 그렇게 2박 3일을 서울에서 보내고 어제 돌아왔다.

집에 돌아오자마자 안아본 해피는 여전히 작은 솜인형처럼 포근하고 부드러웠다. 안고 뽀뽀해도 저항하지 않았다. 경현이 옆에서 안도의 한숨을 쉬었다, 내가 돌아올 때까지 해피를 살아 있게 하느라 이리저리 애썼다며. 혹시 몰라 장례 절차도 알아보았다고 했다. 제주에는 애완동물 화장시설이 없어(굳이 화장을 원하면 냉동상태로 부산병원에 보내야 한단다), 보통은 자신의 밭이나 오름에 묻는다는 말을 듣고 집에서 가까운 판포오름에 가 장소까지 물색해뒀다고 했다.

해피를 안고 경현의 말을 듣고 있는데 뜬금없이 요양병원에 있는 엄마가 생각났다. 엄마도 집에서 가족에게 보살핌을 받았다면 지금처럼 급작스레 나빠지지 않았을 것이라는 쓸데없는 생각을 하면서였다. 쓸쓸한 심정이 되어 아들들에게 카톡을 보냈다.

사람이나 짐승이나 병들고 힘들 때 돌봐줄 누군가가, 얘기 들어줄 누군가가 있어야 할 거 같아. 해피에게 아빠가 없었으면, 엄마가 없었으면 말하자면 방치됐다면, 지금 해피는 어떻게 됐을까? 하나님! 아들들을 돌보아주시옵소서. 아들들에게 지혜롭고 건강하고 어여쁜 인생의 동반자 만나는 축복도 내려주시옵소서….

2018. 5. 28

나팔과 트럼펫 그리고 능소화

“은동 집사님 오셨어. 이리 좀 나와봐”

초인종이 울리고 1층으로 뛰어내려가는가 싶더니 경현이 다급하게 아니, 흥분된 목소리로 나를 부른다. 침대에 누워 책을 읽던 참이었다. 온몸에 부기가 느껴지면서 몸이 좋지 않아 작정하고 쉬려던 참이었다.

비실비실 일어나 현관문을 열었다. 정원등 가까이에 웅크리고 앉은 집사님의 옆모습이 보였다. 뭐하고 계신 걸까, 궁금해하며 다가가는데 경현이 돌아보며 말했다.

"집사님이 꽃나무를 세 개나 가져오셨어. 직접 심어주고 가시겠대."

발걸음이 빨라졌다. 거짓말처럼, 몸이 가벼워지고 있었다.

"나무 심을 때 이렇게 다져줘야 해요. 뿌리 있는 데 공기층이 생기면 좋지 않거든요."

집사님이 보라는 듯 흙을 뿌리에 조금씩 부으면서 조그만 호미로 흙을 촉촉촉촉 다지셨다. 어질러질까 염려해서인 듯 파낸 흙은 따로 비닐봉지에 담아 조금씩 꺼내 쓰셨다. 무슨 나무냐는 내 물음에 무화과라고 답하시면서였다.

"능소화는 어디다 심을까요? 타고 올라가는 놈이니 담장 근처가 좋을 것 같은데…."

나는 내 작업실 창 옆 돌담 쪽을 가리켰다. 마침 맞춤하게 잔디가 뜯어진 곳이 있어 능소화는 생각보다 쉽게 자리잡을 수 있었다.

"천사의 나팔은 화분에 심으면 좋아요. 실내에 두면 겨울에도 꽃을 피우거든요."

하지만 가지고 있는 화분이 없었다. 오후에 화분을 사서 잘 심어보겠다고 말할 수밖에 없었다. 은동 집사님이 마당 주위를 두리번거렸다. 화분을 대용할 게 있나 싶어 찾는 눈치였다.

"못 미더우시지요? 화분 사서 꽃과 함께 집사님 댁으로 가져갈 게요."

집사님이 웃었다. 그럴 필요까지는 없다고, 잘 심어보라고 하셨다.

점심을 먹자마자 한림에 있는 꽃집으로 갔다. 주인아주머니에게 긴 플라스틱 화분(도기화분은 예쁘기는 한데 옮기려면 너무 무겁다)을 사겠다고 하니 그냥 주시겠다며 화분을 여러 개 찾아내오셨다. 물건 할 때 쓴 건데 꽃 심는 데는 아무 문제없다며 가져가라고 하셨다. 고마운 마음에 꽃영양제를 2박스 샀다.

집에 돌아와 은동 집사님께 배운 대로 천사의 나팔꽃을 화분에 심고 사진을 찍어 카톡으로 보냈다. 새삼, 참 고맙다는 생각이 들었다. 집사님도 꽃집 여사장님도 아니, 교회의 모든 분들이 아니, 동네 이웃 모두가…. 천사가 땅을 향해 나팔을 부는 광경이, 응답하듯 우리 모두가 하늘을 향해 트럼펫을 부는 모습이 보이는 듯했다. 나무마다 가지가 늘어질 정도의 열매를 달고 있는 무화과 동산에서, 능소화가 풍성하게 피어오른 돌담장을 배경삼아….

2018. 6. 2

오늘의 일

오늘 내가 할 일은 ① 부엌 싱크대 앞 창틀의 나무선반에 바니시 칠하기. ② 침실 창틀 옆, 비가 스미면서 남긴 자국에 젯소와 페인트 칠하기. ③ 생선상자(작업실에서 그림 받치는 용으로 쓰려고 일전에 농협 옆 공장에서 구입해 경현이 이미 사포질을 해둔 상태) 5개에 바니시 칠하기다.

말하자면 오늘은 초보 개인주택 거주자가 처음으로 집 보수를 하는 날이다. 붓은 내가 더 전문이므로 이런 일에서는 빠지겠다고 경현이 일찌감치 선언해둔 터라 세 가지 일 모두 내가 해야 한다. 아! 일이 하나 더 있다! ④ 액자 집 예술에 맡겨둔, 공모전(전해주 선생님의 권유로 참가하게 됐다)에 낼 그림 〈4월의 병실에서〉 찾아오기.

일어나자마자 비장한 각오로 맨손체조를 한다. 세수도 화장품 바르는 것도 절도 있게 한다. 그런데 어쩐다! 비장과 절도가 지나쳤을까? 안경을 닦다 안경테를 부러뜨렸다. 급히, 독서용 안경을 눈에 걸치고 전에 쓰던 안경을 찾아보지만 어디에도 쓸 만한 안경이 없다.

하는 수 없이 조금 답답하고 살짝 어지럽지만 독서용 안경으로 일을 시작한다. 제품설명서에 바니시는 3번 이상 칠해야 하는데 4시간 이상 간격을 두라 쓰여 있기 때문이다. 페인트도 젯소가 말라야 칠할 수 있고…. 그러니까 오늘의 작업은 중간중간 기다리는 시간이 필요하니 될 수 있으면 일을 서둘러야 한다는 말씀.

희미한 눈으로 바니시를 칠하고(표면이 거친 생선상자는 생각보다 시간이 많이 걸렸다) 어찔한 눈으로 젯소를 바른다(여기저기 칠할 곳이 왜 그렇게 늘어나는 건지, 원…). 이제 남은 일은 그것들이 마르는 사이 액자를 부탁해둔 그림을 찾고 안경집에 가서 안경을 새로 맞추거나 고치는 것.

조금 지친 상태로, 도수를 넣은 선글라스를 끼고 경현과 집을 나선다. 경현은 그런 거 바라지도 말라지만, 부러뜨린 안경테와 모양과 크기가 같은 것을 찾아 지금의 안경렌즈를 그대로 집어넣을 수 있으면 좋겠다는 생각을 집요하게 하면서다. 다초점렌즈를 새로 맞추려면 비용과 시간이 제법 들기 때문이다.

그런데 어디로 가지? 제주에서 안경은 처음이다. 경현이 잘 모르겠으니 일단 번화한 노형동으로 가보자고 한다. 차를 달려 노형동 이마트에 간다. 주차를 하고 주차장 옥상에서 아래를 내려다본다. 길 건너에 안경점이 있다.

결론부터 말하면, 지금껏 내가 가본 안경점 중에서 가장 큰 안경점에서(무려 80평), 똑같은 크기의 안경테를 기적같이 찾아내, 쓰던 렌즈를 아무렇지도 않게 집어넣고, 지금은 자만하는 태도로 글을 쓰고 있다는 것. 그뿐이랴, 오늘 계획한 붓으로 하는 집 보수는 물론 그림도 잘 찾고 나간 김에 경현 바지도 한 장 사고 내가 쓸 캔버스도 사이즈 다양하게 무려 6개나 사왔다는 것.

이제 남은 일은 오늘 일기제목을 정하는 것뿐이다. 붓과 안경이라 할까? 초보자의 주택관리라 할까? 아님, 기적을 이루다? 에라 모르겠다, 오늘의 일기 제목은 그냥 '오늘의 일'이다.

2018. 6. 6

소녀가 되는 시간

인천 문화예술회관으로 차를 달린다. 차에는 경현과 희재와 내가 타고 있다(희범은 약속이 있다며 새벽부터 외출했다). 처음인 듯싶은 거리를 차로 달리며 내가 불쑥불쑥 긴장한다. 입선도 황송해해야 할 내가, 언감생심 심사결과를 궁금해하고 있다.

차를 주차시키고 전시장으로 다가간다. 입구에 〈대한민국 수

채화 공모대전〉이라 쓰인 커다란 현수막이 붙어 있다. 희재가 달려가 가나다순 끝에 달린 내 이름을 확인해준다. 현수막을 배경으로 내 이름 근처에 서서 자세를 잡는다. 배시시…. 사진을 찍고 전시실로 향하는데 심장이 두근대기 시작한다. 갑자기 내가 어린 아이 아니, 소녀가 된 느낌에 빠진다.

어?! 입구 맞은편 벽에 많이 보던 그림이 붙어 있다. 공중을 향해 뻗은 두 다리가 나무인 양 꽃을 피우고 있는 내 그림이다. 희재가 그림을 향해 달려간다. 그리고 뒤를 돌아보며 외친다.

"엄마! 엄마 특선이래!"

정말? 나도, 경현도, 그림을 향해 걸음을 서두른다.

정말이다! 그림 옆에 특선이라 쓴 아주 작은 종이가 붙어 있다.

갑자기 부끄러워진다. 종이만, 글씨만 남기고 내 그림을 가리고 싶을 정도다. 주위를 둘러본다. 사방에서 달려드는 너무도 훌륭한 그림들…. 내가 조그맣게 쪼그라든다. 밀도가 희박해진 멍한 머리로, 중력에서 느슨히 놓여난 들뜬 마음으로 다른 작가들의 그림을 감상한다.

시험을 앞둔 희재를 집에 내려주고 경현과 다시 예술의 전당으로 출발한다. 경현은 〈국제사진전〉을, 나는 〈샤갈, 러브 앤 라이프〉전을 보기 위해서다.

첫 전시실부터, 화려하게 채색된 그림들이 나를 맞는다. 샤갈의 아름다운 자화상들을 지나고 〈연인들〉 앞에서 넋이 빠진다. 꽃으로 둘러싸인 채 서로 기대앉은 두 사람에게서 눈을 떼지 못한다. 오른쪽 위로부터 두 사람을 내려다보고 있는, 다리를 길게 뻗은 벌거벗은 천사…. 바이올린을 가진 수탉과 흰 염소….

너무도 아름답다. 내가 그림 속으로 들어간다. 꽃으로 둘러싸인 저 깊은 공간 속으로, 아무 소리도 없는 고적한 평화 속으로…. 내가 언젠가의 내가 된다. 신부가, 연인이, 소녀가….

철학자 가스통 바슐라르는 언젠가 "소년 속의 노인, 노인 속의 소년"이라고 샤갈에 대해 말한 바 있다. 그가 샤갈을 소년이라고 한 건 추억을 되새기는 성격 때문이 아닐까 싶다. 추억은 늘 그곳에 있기 때문에 우리가 언제라도 다시 찾아주길 기다린다. 하지만 그곳을 찾는 순간에 실재의 시간은 사라진다. 그래서 몽상에 잠길 때면 누구나 소년이 될 수 있다.

—〈샤갈 러브 앤 라이프〉 전시 서문 중에서

2018. 6. 11

좋은 곳으로 가거라

좀 더 깊이 묻었어야 하지 않았을까. 뭔가 표식이라도 남겼어야 했을까. 밤새 불안했다. 누군가가(들짐승 중 어떤 녀석이) 해피를 파헤치면 어떡하나 싶어서였다. 나와 경현처럼, 반려동물이 죽어 어딘가 묻을 곳을 찾던 사람이 하필, 우연히, 같은 장소를 고를 수도 있었다.

어제, 저녁을 차리고 녀석이 좋아하는 소시지밥을 만들 때였다. 그릇을 들고 돌아서는데 쓰러질 듯 비틀거리는 녀석이 눈에 들어왔다. 달려가 조용히(막 수저를 든 아버님과 경현을 배려해) 녀석을 안고 2층으로 올라갔다. 녀석의 목이 길게 늘어나 안고 있는 내 팔 밑으로 힘없이 툭 떨어졌다. 숨소리가 가빴다.

걱정은 됐지만 설마했다. 기관지가 비대해진 녀석은 흥분하면 호흡곤란 상태가 되어 잠시 기절하곤 했기 때문이었다. 녀석이 배에 힘을 주는 게 느껴졌다. 한 번, 두 번, 세 번. 이런 적은 없었는데 싶어, 안쓰러운 마음에 응원하듯 녀석의 머리를 쓰다듬어주었다. 곧 냄새가 피어올랐다. 바닥에 내려놓고 녀석을 살펴보았다.

휴지를 가져와 녀석의 그것을 닦아주고 다시 안으려 녀석의 몸 밑으로 손을 넣었다. 그런데! 들어올리려는 순간 녀석의 몸이 젖은 빨래처럼 밑으로 축 늘어지는 게 아닌가. 녀석을 더 힘들게 하는 것 같아 그대로 바닥에 내려놓았다.

녀석이 누운 채 네 발을 뻗치며 토해내듯 크게 숨을 내쉬었다. 한 번, 두 번, 세 번. 일곱 번까지 숨을 뱉어낸 녀석의 입이 조금씩 벌어지는가 싶더니 혀가 흘러나왔다. 겁이 덜컥 났다.

"해피, 너 진짜 죽는 거야?"

녀석의 목에 손을 대어보았다. 호흡이 느껴지지 않았다. 배에서도 숨이 느껴지지 않았다. 조용히 눈물이 솟구치고 있었다.

판포오름. 차에서 내리자마자 해피의 무덤을 향해 달리듯 걷는다. 사방이 조용하다. 아니, 산새들이 시끄럽다. 이렇듯 화려한 정적이라면 해피도 좋아할 것 같다.

무덤은 다행히 만들어둔 상태로 온전하다. 다른 동물이 냄새를 못 맡도록 경현이 삽으로 흙을 퍼와 봉분(?)을 높이고 나는 혹여 다른 사람이 건드리지 않도록 나무십자가를 무덤 한 쪽 옆에 꽂는다. 바람이나 비에 흙이 쓸리지 않도록 Y자형 나뭇가지를 주워 무덤 위를 덮는 것도 잊지 않는다.

"해피야, 잘 산 거지? 행복하게 산 거지? 이제 나는 너 없이 어떨지 모르겠다. 해피야, 좋은 곳으로 가거라. 아주 아주 좋은 곳으로…."

유난히 맑고 파란 하늘로 강아지 같은 구름이 흘러간다. 새들이 다시 시끄럽다.

2018. 6. 21

불행 중 다행이야, 내 뼈들

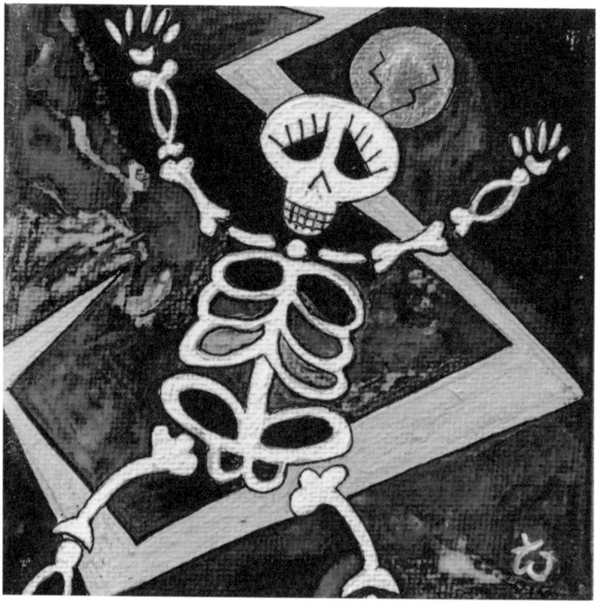

서재 소파에 누워 정신없이 잤다. 얼마큼 잔 걸까? 집이 조용하다. 경현은 아직 병원에서 돌아오지 않은 걸까? 수액을 맞을 정도면 몸이 얼마나 힘든 걸까?

어젯밤 12시, 계단에서 굴러떨어졌다. 며칠 전부터 배탈로 고생 중인 경현이 일찌감치 침대에 든 터라, 늦게까지 이것저것 하던 내가 경현을 깨우지 않으려 불도 켜지 않고 침실을 더듬어가다 발을 헛디뎠다. 일은 순식간에 일어났다. 거리감을 도무지 갖고 있지 않은 내가 어둠 속에서 균형감각마저 잃으며 손쓸 틈 없이 계단 중간 참까지 굴러 내렸다.

우당탕 소리에 자고 있던 경현이 달려 내려왔다. 아버님은 아버님대로 계단 밑에서 무슨 일이냐, 소리를 질러대시고….

어쩔 줄 몰라 내 머리에 솟은 혹만 어루만지는 경현을 남겨두고 계단을 기듯 올라가 침대에 쓰러졌다. 머리의 혹과 욱신대는 엉덩이뼈를 문지르며 아니, 온몸을 달래며 잠을 청했다. 그리고 오늘 아침, 아무래도 안 되겠다 싶어 한라병원 응급실에 갔다왔다. 병원에서 오자마자 경현은 수액 맞으러 동네병원으로 다시 나가고 나는 서재 소파에 누워 신문을 읽다 깜빡 잠이 들었다.

불쑥, 목보호대 생각이 난다. 소파를 벗어나 가방에서 목보호대를 꺼낸다. 머리 CT촬영과 여기저기(오른손 새끼손가락과 턱까지) 뼈 사진을 찍고 내 침대로 돌아왔을 때 다른 것은 이상이 없어 보이는데 목뼈에 실금 같은 것이 보인다며 간호사가 내 목에 둘러놓았던 것이다. 재차 찍은 CT 사진을 본 의사가 목뼈에 아무 문제 없다고 하자 즉시 내 목에서 풀려져 바로 옆 침대로 던져진….

"저, 이거 제 거지요? 제가 안 쓰면 버리는 거지요? 저, 이거 가져가고 싶은데…. 저는 좋더라고요, 목에 두르고 있는 거. 위로를 받는 것 같기도 하고 보호를 받는 것 같기도 해서. 저 이거 가져갈

까봐요."

"그러세요. 다른 분들은 답답하다며 싫어들 하던데…."

'조금 특이하시네요'를 덧붙이는 간호사에게서 보호대를 받아들며 나는 속으로 생각했다. 맞아, 내가 조금 특이하긴 하지….

군이 집까지 가져온 보호대를 목에 둘러본다. 아까보다는 덜하지만 그래도 뭔가 위로받고 보호받는 느낌이 들어 제법 괜찮다.

옆 침대의 청년은 어떻게 되었는지 모르겠다. 몇 년 전의 나처럼 왼쪽 종아리뼈가 부러진 듯 하던데. 어긋난 뼈를 맞추느라 의사와 간호사가 다리와 발목을 잡아당기고 밀 때마다 청년은 응급실이 떠나가라 소리를 내질렀다.

보호대를 두른 채 거실을 이리저리 걸어본다. 이제 머리에 난 혹은 많이 가라앉은 것 같다. 이만하면 다행이지 싶다, 내 뼈들.

2부

2018. 7. 6

월령리 손바닥선인장

겹겹의 노란 꽃잎을 파고들며 벌 한 마리가 열심히 꿀을 따고 있다. 꽃 위쪽으로 다른 벌 한 마리가 붕붕 날고 있다. 꽃가루가 녀석의 몸에서 뚝뚝 떨어진다. 딸 만큼 땄어도 꿀을 남겨두고 가려니 발이(날개가?) 떨어지지 않는 걸까.

한라일보에서 월령리 선인장 사진을 발견하고 스마트폰을 찾아 집어든다. 일전에 집 앞에서 찍은 선인장 사진이 생각나서다.

제주살이를 결심한 후, 땅 사고 설계 맡기고 집 지어 이사하기까지 1년 반 정도나 걸렸을까? 고민하고 연구한 시간이 짧았던 탓에 이사하고 알게 된 것이 많다. 판포리 바람이 정말 세다는 것, 그 바람을 타고 비가 360도 회전하며 내린다는 것, 북쪽에서 불어오는 그 무지막지한 바람이 겨울에만 위력을 부린다는 것, 내가 바다냄새를 무척이나 좋아한다는 것 등이다. 당연히 그러리라 생각한 공기와 물의 신선함이 내 예상을 넘어서는 수준이라는 것 또한. 그뿐이랴, 제주의 콜라비가 얼마나 아삭하고 달콤한지도, 브로콜리가 얼마나 감칠맛나는지도, 당근은 또 얼마나…. 손바닥선인장의 매력도 이사하고 나서 안 것 중 하나다.

선인장을 처음 발견한 것은 동네를 산책할 때였다. 길을 따라 아무렇지 않게 돋아 있는 선인장이라니! 다육식물이라 불리며 가정집 거실에 놓인 화분이나 수목원 온실 속에서 보아오던 선인장이 야생화인 양 길가에 마구잡이로 피어 있는 것이 신기했다. 빵떡모자인 양 얹히고 또 얹힌 이파리들은 다육식물에서 흔히 보듯 초록이나 연두색이었지만 밑쪽 잎은 노랗거나 누렇거나 허여스름했다. 예뻤다. 대체로 새로 난 것이 사랑스럽고 어린 것이 어여쁘듯 선인장도 막 나온 새 잎이 앙증맞고 귀여웠다.

봄이 되면서 깜짝 놀랐다. 안 그래도 깜찍한 선인장인데 녀석들이 노란 꽃을, 그것도 너무도 고귀한 모습으로 피워낸 때문이었다. 사진을 찍지 않을 수 없었다. 비치듯 얇은 노란 꽃잎이 겹겹의 노방이불이기라도 하듯, 벌 한 마리가 꽁지를 위로 한 채 몸의 반을 꽃 속에 파묻고 있는 장면이었다. 붕붕붕 신이 난 다른 벌들은 그 탐스런 꽃봉오리 둘레를 돌고 있었다.

녀석들의 이름이 '손바닥'인 것과 자생지가 판포리의 바로 이웃, 월령리인 것은 이웃을 통해 알았다. 생명력이 무척 강해 함부로 심었다가는 녀석들에게 마당을 완전히 접수당할 것이라는 것도…. 하기는 원산지 멕시코에서부터 소금기와 태양빛을 견디며 그 넓은 바다, 태평양을 헤엄쳐온 녀석들이었다. 무엇인들 못하랴, 싶었다.

선인장 사진을 들여다보다 글 숙제를 떠올린다. 알게 모르게 아니, 알게(!) 마음이 눌리고 있었던 것이리라. 선인장으로 한번 써볼까? 그러고 보니 정 권사님이야말로 백년초다!

황급히 신문을 접고 책상으로 간다. 노트북을 연다.

2018. 7. 22

오설록의 새와 나비

오늘 예배는 감회가 새롭다. 목사님 말씀도 더욱 재미있게 느껴진다. 갈릴리 호수가 둥글게 생긴 걸 처음 알았다. 그래서 사람들이 걸어갔음에도 배를 타고 간 제자들보다 먼저 도착할 수 있었음을.

성가 연습 뒤 2층으로 올라가 교인들께 두 아들을 소개한다. 자식은 화살통에 든 화살이라더니 오늘만큼은 녀석들이 진심으로 자랑스럽다. 아이들을 그리움 중에 만나는 건 참 좋은 일이다. 평범한 일상에 반짝이 색채와 음영이 덧씌워진다.

녀석들 저녁 비행기 시간에 맞춰 오설록으로 출발한다. 희범이 친구에게 줄 선물을 사고 싶어해서다.

차를 주차시키고 티뮤지엄을 향해 걷는다. 차밭의 바람개비들이 생생생 날개를 돌리고 있다.

그런데 저 새는 왜 저렇게 날까?

작은 새들이 내 몸을 스쳐지나며 지면에 닿을 듯 낮게 날고 있다. 기묘한 느낌에 사로잡힌다. 먼 옛날 도쿄 후타코타마카와에서 본 박쥐들의 모습이 떠오른다. 태양이 지고 있는 붉은 하늘을 드문드문 검은 점으로 물들이던 작은 박쥐들의 무리였다.

3일이 금방 갔다. 공항에 마중 나가고 마트에 들러 이것저것 사고 집에 오자마자 전복을 삶아 쫄면을 해먹고 판포 앞바다에 나가 스노쿨링을 하고(바닷물이 생각보다 차가워서 깜짝 놀랐다) 어촌계 식당에서 흑돼지를 구워먹고….

다음날 아침엔 마당에 대나무 발을 깔고 누워 해무가 바람에 흩어져가는 것을 바라보며 얘기를 나눴다. 점심은 월령리 선인장 식당에서 강호동 돈가스로 때우고 다시 판포 바다에서 스노쿨링 스노쿨링…. 그날은 희범과 큰 보말을 5개(?)나 땄다. 저녁 메뉴는 한치 한상. 제주바다의 바위틈에서 자라는 게로 만든다는 깅이죽도 처음으로 먹어봤다. 아! 밤에는 경현 서재에서 영화 관람도 했구나. 라스베이거스 카지노 재벌의 금고를 터는, 아내도 되찾는, 11명의 이야기였다.

그런데 저게 뭐지?

얼핏, 내 눈에는 동백처럼 보이는 나무에 노란 나비들이 잔뜩 앉아 있다. 이 나무에도 저 나무에도…. 노랑나비의 날개 문양이 화려하고 예쁘다. 다시 기묘한 느낌 속으로 빠져든다. 언젠가 이 비슷한 일을 경험한 적 있는 듯하다. 이런 현상이 잦으면 뇌에 이상이 온 것은 아닌지 의심해봐야 한다던데….

경현이 뒤돌아 나를 쳐다본다. 걸음을 서두르며 내가 생각한다.

'저 나비 이름을 알면 좋겠는데, 저 나무 이름도, 아까의 그 새 이름도…. 목사님 혹시 이런 거 알고 계실까?'

2018. 7. 25

가만집暇晩缉

신문에서 〈여수만만〉이라는 칼럼을 읽다 옛 일을 떠올린다. '유학시절, 어린 아내가 싸준 도시락을 도서관 옆 호숫가에서 꾸역꾸역 먹으며, 소풍 가서 혼자 까먹던 어머니 도시락보다 더 서글프게 느꼈다'는 구절에서다.

경현도 아침 일찍 젊은 아내인 내가 싸주는 도시락 2개를 들고 가족기숙사가 있던 요코하마에서 학교가 있는 도쿄의 오카야마까지 전철을 타고 오가던 시절이 있었다. 어느 날인가는 맥주 캔이 든 비닐봉지를 흔들며, 뜬금없이 이른 시간에 나타나 '너와 나는 한 배를 탔으니까'로 비장하게 말문을 열기도 했었다. 그날의 대화 후 말하자면 젊은 아내의 적극적 지원을 확인한 후, 경현은 지도교수(세부 전공)를 바꾸는 일본 유학사에 다시 없을 기상천외한 일을 성공시켰다.

칼럼을 읽다 다시 한번 우리를 생각한다. 작가 김정운이 '여수에서 배 타고 또 한 시간을 내려가야 하는 남쪽 섬에 작업실을 마련하고 있다'는 기사에서다. 주변 친지의 우려와 반대를 무릅쓰고 하루에 세 번 배가 들어오는 그 섬에 '미역창고'라는 이름의 스튜디오를 짓는다는…. 그가 이렇듯 어려운 일을 벌이는 경제학적 근거는, 50대 후반이 되도록 자신의 구체적 '사용가치'로 결정한 공간을 갖지 못한 건 (여전히 추상적 '교환가치'에만 마음이 흔들리는 것은) 인생을 잘못 살았다는(추구하는 삶의 내용이 없다는) 증거로, 미역창고를 그 반성의 의미로 삼겠단다.

후회하지 않겠냐는 걱정에 대해서는 심리학적 이유로 맞받아친다. 한 일에 대한 후회는 하지 않은 일에 대한 후회보다 정당화가 쉽다며 미역창고를 짓지 않으면 자신은 죽을 때까지 '잎새에 이는 바람에도 괴로워할 것'이라나. 경현과 내가 판포리에 집을 짓고 이사하며 가졌던 경제학적, 심리학적 주저를 칼럼작가인 그가 말끔히 정리해준 느낌이다.

'미역창고', 멋진 이름이다. 실제 미역창고를 작업실로 만들며 '美力創考'라는 그럴싸한 의미(아름다움의 힘으로 창조적인 생각을 한다)를 부여한 것이 거듭 멋지다. 우리의 까만집에도 그럴듯한 의미를 붙여주고 싶다.

까만집, 까만집이라….

이건 어떨지 모르겠다. '가만집暇晩缉'. 틈이 함츠르르하게 모이는 집이다. 틈을 깨끗하고 반짝반짝 윤나게 낳는 집. 틈을 예쁘게 길쌈하여 엮는 집.

틈이 무엇인지에 대해서는 좀 더 생각해봐야겠지만 얼핏 생각에 틈은 쉼이고 한가함이고 여유이고 융통성이지 싶다. 본류에서 잠깐 비낀 것이고 그래서 일상에는 별 쓸데없는 멋이고 예술이지 싶다.

2018. 8. 2

거문오름, 용암길을 걸으며

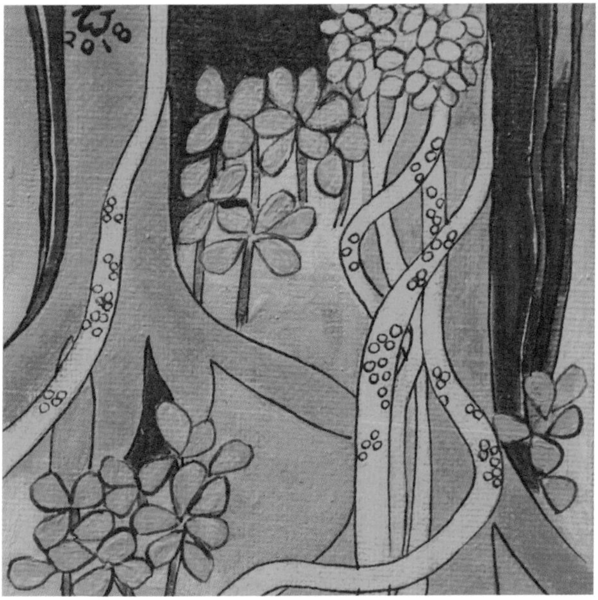

숲길로 들어서자 원시림(?)이 눈앞에 펼쳐진다. 줄기 굵은 넝쿨이 고목을 휘감았고 그 넝쿨을 다시 콩이끼가 뒤덮었다.

사실 나는 용암길이라 해서, 검은 빛으로 울퉁불퉁하게 굳은 용암바위 길인 줄 알았다. 이렇듯 신비한 숲속의 오솔길(오르락 내리락이 조금 심하긴 하다)이 용암길이라는 이름으로 불릴 줄은 생각도 못했다.

“내가 어렸을 적엔 이런 넝쿨 타고 놀았었는데….”

길게 늘어진 넝쿨을 발견한 심 집사님이 어린 아이처럼 넝쿨을 잡고 흔드신다. 모시고 오길 잘했다는 생각이 절로 난다.

“넝쿨도 제 살기 위해 그러는 거겠지만 나무들이 힘들겠어요. 저렇게 빙빙 나무들 숨통을 죄고 있잖아요.”

심 집사님이 흔들던 넝쿨을 놓아버린다.

“그러게요. 지지난 달엔가는 우리 정 집사하고 판포오름에 톱 들고 가서 소나무에 엉켜 있는 넝쿨을 죄다 끊어버렸다니까요. 이것 봐요. 톱으로 이 부분을 끊고 이렇게 나무에서 벌려 떼어내는 거예요.”

“어머! 두 분이 그런 일까지…. 힘 드셨겠다.”

“그치요? 시키면 못할 일이지요? 50그루 정도 손봐줬나 봐요. 힘들긴 힘들더라구요. 근데 나중에 알았지 뭐예요. 바람이 센 제주에서는 나무와 넝쿨이 서로 엉겨 서로를 붙들고 지탱시켜준다는 걸.”

거문오름 용암길은 그제 한라병원에서 우연히 목사님 사모님을 만나면서 오게 되었다. 내가 너무 더워(운동을 겸한) 나들이 엄두를 못 낸다고 하자 1년에 한 차례, 10일간만 개방되는 거문오름 트레킹을 권유하셨다. 심 집사님께는 전화로 여쭤보았다. 부부가

버스로 사라오름에 다녀오셨다는 얘기를 들은 적 있어서였다. 매사 긍정적인 집사님답게, 발바닥과 무릎 사정이 별로 좋지 않다고 하시면서도 그러마, 하셨다.

"여기 좀 와봐요. 정말 시원해. 아까 분화구 풍혈은 댈 것도 아니라니까요."

시원한 표정을 짓고 계신 사모님께 빠른 걸음으로 다가간다. 바위틈에서 시원한 바람이 솟구치듯 뿜어져 나오고 있다. 에어컨 저리 가라할 만큼 급 시원해지는 느낌…. 자연스레 모두들 돌멩이 위에 엉덩이를 앉힌다. 사모님과 집사님이 백팩에서 간식을 꺼낸다. 물외와 체리, 토마토, 귤, 커피, (세상에나) 야채 슬러시까지 더해져 멋진 한 상이 차려진다. 내가 꺼내놓은 것은 기껏 에너지바, 이것저것 야금야금 맛있게 먹는 입과 함께다.

"우와아! 이것 좀 봐요."

길 옆 우둠지에서, 연리지인 양 밑둥을 포갠 채 서 있는 한 쌍의 고목을 발견한 심 집사님이 어느새 날 듯이 뛰어가 등걸을 매만지고 있다. 집사님이 소녀처럼 어여쁘다. 그 소녀를 미소로 바라보는 정 집사님은 소년 같다. 올해 결혼 50주년이라는 말씀이 믿어지지 않는 두 분이다.

2018. 8. 11

여름수련회

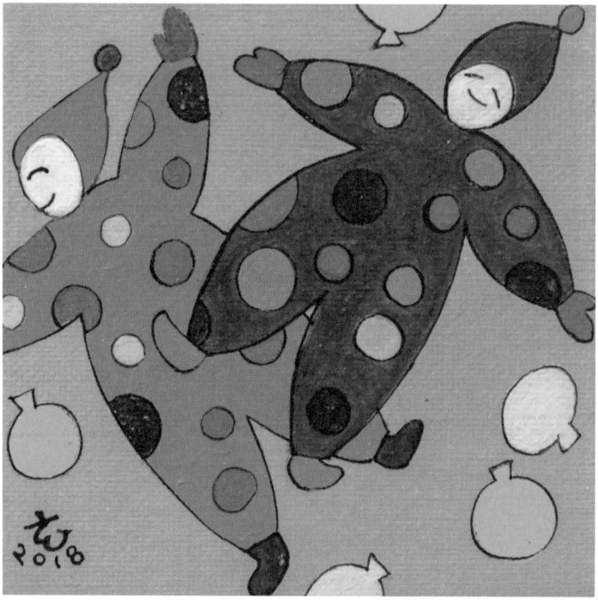

오늘 전교인 수련회가 시작되었다. 내일까지 이어지는 여름 이벤트다. 오전 행사를 마치고 점심식사를 한 뒤 슬그머니 일어나 3분 거리의 집으로 갔다. 커피를 마시고 싶은데 준비된 것이 믹스커피밖에 없어서였다. 그렇게 집에서 20분 정도 쉬다 시간에 맞춰 교회로 달려갔을 때였다. 이상했다. 목사님이 강대상 앞에 서서 뭔가를 말씀하고 계시는 게 아닌가.

교인들의 눈 호위를 받으며 얌전히 살금살금 맨 앞 1조 자리에 앉았다. 목사님의 말씀이 이어지고 있었다. 그러고 보니 목사님이 내고 있는 건 성경퀴즈…?! 황급히 손을 들었다.

"저요."

"조 이름을 말해야 하지만 현 집사님, 답 말해보세요."

"네, 답은 나자로입니다."

"네, 정답입니다. 다음 문제는…."

"저요. 아니, 1조요. 답은 미리암입니다."

"맞네요. 다음은 난센스퀴즈입니다."

아쉬웠다. 난센스퀴즈는 내 담당(?)이 아니었다.

휴식시간에 최 집사님이 장난기 가득한 얼굴로 다가오셨다.

"안다고 그렇게 다 맞추면 어떡해. 앞으론 살살 맞춰. 그래야 우리 조가 1등하지."

최 집사님은 당신 자리로 돌아가시고, 뒷자리에 앉은 같은 조, 정 집사님과 박 집사님이 내 어깨를 톡톡 치셨다.

"최 집사, 뭐라고 합디까?"

싱긋 웃으며 내가 대답했다, 안다고 다 맞추지 말라고 하던대요.

"아니, 지가 뭔데 우리 조한테 왈가왈부여. 현 집사가 늦게 온 걸 다행으로 여길 것이지. 현 집사, 맘껏해. 그게 우리 조를 위한 길이야."

속으로 웃음이 나왔다. 어르신들이 너무 귀엽게 느껴졌다(그건 그렇고 나는 왜 이리 분위기 파악을 못하는 걸까. 젊은 것이 연세 지긋한 분들 사이에 앉아 손이나 팍팍 들고…. 퀴즈가 예정보다 일찍 시작된 게 얼마나 다행인지 모르겠다. 하나님이 도우셨던 게 틀림없다). 결국 성경퀴즈는 우리 조가 3조와 공동 1등을 했다. 최 집사님 조는, 하하하다.

좋은 밤이다, 하루치 수련회를 마친 덥지만 마음이 청명한 밤.

성경퀴즈에 이어진 죽음을 준비하라는 특강도, 레크리에이션도, 바베큐 흑돼지구이도, 〈계춘할망〉 영화 관람도 모두모두 즐겁고 재미있었다. 특히 레크리에이션 시간에 잠시의 주저도 없이 맨 바닥에 몸을 던져 이리저리 뒹구시던, 다시 일어나 또 몸을 던져 뒹구시던, 그렇게 온몸으로 옷 속의 풍선을 터뜨리던 삐에로 복장의 함 장로님과 조 집사님 모습은 먼 훗날 꼬부랑 할머니가 되어서까지 잊지 못할 것 같다. 아, 잊지 못할 것이 또 하나 있다. 〈계춘할망〉 영화 속 주인공이 그린 〈고백〉이라는 그림이다. 할머니가 두 손녀의 손을 잡고 짙푸른 바다 저 밑에서부터 위를 향해 떠올라가던 아름다운 그림….

내일은 정말 얌전히, 분위기 파악하며, 하루를 살아보리라, 다짐한다. 예배 후 하기로 되어 있는 윷놀이 시간에는 특히….

2018. 8. 17

민화, 현대를 만나다

'좋은 글이란 사람에 대해 쓴 글이다. 잠깐 글쓰기는 쉽지만 오래도록 글쓰기는 어렵다. 꼭 작가로 살아남으라'는 김종완 선생님의 말씀을 되새기며 갤러리 현대를 향해 걸었다. '제주 집에 돌아가는 대로 글부터 보내라'는 길 너머 조정은 선생님의 외침을 들으며 두 분 선생님과 아쉽게 헤어지고 나서였다. 오랜만에 만난 김종완, 조정은 선생님은 전혀 어색하지 않았다. 사무실에서도, 남도풍 음식점 남원에서도, 찻집에서도 신기할 정도로 서로 할 이야기가 많았다. 고향에 와서 옛 친구(옛 어르신?)들을 만난 기분….

입장권을 사자마자 2층으로 올라갔다. 더 급한 것이 있어서였다. 덕분에 층계참을 내려오다 맨드라미를 보았다. 옛 그림 같지 않게 형태가 단순한 그림이었다. 꽃보다는 줄기가 과장된, 너무도 예쁜 빨강 꽃을 피워 올린 맨드라미. 처음 그림을 그리기 시작했을 때(지금도 처음이지만) 벚꽃에 파묻힌 호랑이를 그리며, 헤벌쭉 웃고 있는 용을 그리며 알 수 없게 겨워오던 감동이 스르륵 밀려왔다. 원화도 아닌 설명을 위한 전시용 그림 앞에 한참을 서 있었다.

오래 전부터 민화에 관심이 많았다. 어설픈(죄송!) 그림들을 보고 있으면 마음이 편했다. 웃음이 나왔다. 말로는 설명할 수 없는 충만감이 가슴 저 깊은 곳에서부터 몽글몽글 솟아올랐다. 어쩌면 내가 그리고 있는 그림은 '민화'인지도 모른다. 도화가가 그린 기술적으로 완성된 그림이 아닌, 일반 서민이 제 흥대로 서툴게 그린 그림이라는 점에서 또 창의적 발상이라는 미명(?) 하에 본 바 사실 그대로 그리지 않고 대상을 자유롭게 바꿔 그린다는 점에서 또 고상하고 세련된 색상보다는 수수하면서도 유치한 색상을 즐겨 쓴다는 점에서 말이다.

민화산책은 두가헌과 현대화랑으로 이어졌다. 쨍쨍한 햇살을 얇은 양산으로 가리며 걸었다. 행복했다. 저절로 입가가 올라갔다. 안경 낀 호랑이 모습도 재미있고 긴 줄기 선홍색 연꽃과 함께 그려진 몸체가 꾸불꾸불 선 처리된, 세 마리(네 마리?) 새도 즐거웠다. 도록 『조선시대 꽃그림』을 사기 위해 다시 현대화랑으로 되돌아갈 때는 급작스레 다리가 아파오기는 했다.

마포 집으로 돌아가는 길에 낙원악기상가에 들렀다. 제주로 이사하며 잃어버린 오카리나를 사기 위해서였다.

뭘 어떻게 해야 할지 알 수 없어 내가 우물거리자 주인이 불어봐도 된다며 오카리나를 하나 내밀었다. 위생이 슬쩍 꺼려졌지만 까다롭게 굴 수 없어 받아 불어보았다.

도레미파솔라시도….

주인이 말했다, 그냥 아무거나 사셔도 될 것 같다고, 보아하니 터닝 연습부터 하셔야 할 것 같다고.

"그죠. 소리보다는 모양이죠, 제 수준에서는…. 저거 주세요. 저게 제일 맘에 드네요."

내 목소리가 내 귀에도 비굴했다.

집으로 돌아오는 내내 입속으로 터닝 연습을 했다. 덕분에 지하철 안에서도 심심치 않았다.

2018. 8. 23

제주에서의 첫 태풍, 솔릭

일어나자마자 2층 서재에 서서 베란다부터 살펴본다. 돌담에 올려놓은 화산송이가 몇 개 떨어져 있고 고인 물이 비바람에 이리저리 휘몰리고 있다. 마당 텃밭의 작물들은 모두 한 방향으로 쓰러져 있고 정원 등과 나무들은 위태롭지만 잘 견디고 있다. 담 너머 빈터에는 풀들이 엉킨 머리칼처럼 마구잡이로 헝클어져 있고 바다의 풍력발전기는 충전이 끝났는지 거대한 바람개비를 멈춘 채 서 있다. 그 이상은 확인할 수도 없다. 바람이 너무 세 문밖으로 나가려는 시도가 무모할 정도다. 주차장의 차는 CCTV용 화면으로 확인한다. 오늘은 신문도 오지 않을 것이다.

태풍의 영향권에 든 것은 어제 오후였다. 3분 거리여서 망정이지, 우산을 뒤집어대는 바람 탓에 수요예배도 못 드릴 뻔했다.

천둥처럼 울어대는 거친 바람과 매미소리로 창문을 두들기는 장대비에 밤새 자다 깨다하며 잠을 잤다. 새벽 3시, 침실 커튼을 살짝 걷고 내다보니 비가 화살처럼 경현 서재의 유리창에 수평으로 꽂히고 있었다. 정말이지 지금껏 본 바 없는 굉장한 바람이었다. 그 엄청난 비바람이 가로등 불빛에 제 모습을 고스란히 들키고 있었다.

마당에도 나가지 않고 하루를 집안, 그것도 서재에서만 보낸다. 중문관광단지의 상징인 야자수들이 강풍에 꺾여 그 부근에 극심한 교통체증이 있었다는, 태풍 솔릭의 이동속도가 사람의 도보 수준이라는 뉴스를 속보로 들으며 월령리 바닷가의 선인장을 그린다. 그런데 태풍의 걸음이 그렇게 느릴 수도 있나?!

이웃들 모두 큰 문제없이 잘 견디고 있는 것 같다. 이번 태풍이 세기는 해도 매미에 비하면 아무것도 아니라고, 제주 서쪽에 위치한 우리 마을로서는 풍향이 좋다고, 안부전화를 하는 걸 보면 말이다.

그러고 보니 태풍에 덕을 본 것도 있다. 땅을 파 집 전체를 지하(도로보다 낮게)로 앉힌 탓에 큰비가 오면 침수되지 않을까 걱정했는데(며칠 전만 해도 경현은 옥상에서부터 빗물이 직접 바깥 하수관으로 빠지도록 별도의 배수관을 설치하겠다고 별렀다) 이제 집 모양 망가지게 그렇게까지 할 필요가 없어졌다. 그와 관련된 설전도 물론….

하기는, 어쩌면 제주에서의 첫 태풍을 별 탈 없이 겪은 건 모두 경현 덕분인지도 모른다. 어제 미리미리 화분들을 현관에 들여놓고 잔디깎기기계도 창고에 들여놓고 하다못해 하얀 자갈 살 때 받침으로 딸려온 나무판까지 보일러실에 넣어두지 않았던가. 텃밭 작물의 지지대를 보강하고 집인 수로를 말끔히 청소하고 심지어 1층 바닥에 놓여 있던 물건들을 저녁식사 후 식탁 위로 몽땅 옮겨 놓았다.

바람소리가 세다. 이제 천둥소리까지는 아니지만 바람의 웅얼거림이 여전히 우렁차다. 정말이지 말 많은 바람이다. 아니, 뒤끝 긴 태풍이다.

2018. 8. 25

서귀포 오페라페스티벌, 리골레토

"여러분 오늘 행복하셨나요? 저는 정말 오늘 행복…."

예술감독을 맡은 김수정, 그녀가 말을 잇지 못한다. 눈물까지 흘린다. 태풍 때문에 마음고생이 심했던 탓이리라. 말 그대로 행복한 오페라 감상이었다. 모든 것이 좋았다. 지난 봄, 문예회관에서 〈투란도트〉를 보고 제주에서 공연되는 오페라에 대해 나름의 생각을 가졌었는데 오늘부터 그 생각 모두 취소다. 세상에, 경현과 나 두 사람이 이 멋진 공연을 중앙 앞에서 4번째 줄에 앉아 13,000원에 보다니! 문화회원 할인을 받기는 했다. 그래도 그렇지, 서귀포오페라페스티벌 만세다! 아니, 제주 만세다!

리골레토 역의 김승철을 비롯한 싱어들의 노래가, 제주 프라임 필하모닉 오케스트라의 연주도, 메트 오페라합창단의 합창과 제주춤연구회의 무용까지 모두 좋았다. 특히 소프라노 강혜정이 〈그리운 그 이름〉을 부를 때는 너무 감동해 괄티에르 말데를 나까지 사랑할 뻔했다. 만토바(김동원)의 장난스러운 몸짓도 재미있었고 스파라프칠레(박준혁)의 낮은 음성도 멋졌다. 딱 한 가지 아마추어인 내 눈에도 어색한 것은 죠반나(권효은)의 검은 벨벳 풍 드레스였다. 딱딱하고 엄격한 캐릭터를 강조할 때 입을 듯한, 사감선생 역에나 어울릴 것 같은 드레스는 예쁘지만 자연스럽지 않았다.

섬기는 주인을 위해, 다른 사람을 한껏 조롱하며 사는 리골레토라도 다른 사람으로부터 자신이 저주받으면 두렵고 싫은 걸까? 남의 아내는 보쌈당해도 괜찮지만 내 딸만은 안 되는 걸까? 이거야 말로 변형된 내로남불 아닌가.

울거라, 내 딸아. 내 품에 안겨 울거라.

저주가 현실이 되었다. 사랑하는 딸이 보쌈을 당했다. 수치심과 배반감에 떨고 있는 딸 질다를 위로하던 리골레토의 모습이 머릿속을 떠돈다. 언젠가 판포의 목사님이 한 말씀이 부녀의 모습에 오버랩된다.

딸이 초경 하던 날, 내가 아내에게 말했어요. 지금부터 당신이 준비해둘 것이 있는데 그건 딸이(성과 관련된) 사고를 당했을 때 당신이 딸에게 해줄 첫 마디라고. 아내가 펄펄 뛰더군요. 재수 없게 딸의 첫 생리일에 그런 말을 한다고. 하지만 그거 중요한 거 아닌가요? 만약의 어느 날, 딸에게 한 첫 말이 무엇이냐에 따라 딸의 인생이 달라질 수 있는데….

딸은 없지만 그때 목사님의 말씀을 들으며 백번 현명하다고 생각했다. 나도 아들들에게 해줄 말을 준비해둬야겠다는 생각도 했었다. 그런데 문득, 내 아버지가 그리운 건 왜일까. 아버지의 목소리가 어디서 들려오는 듯한 건….

'언제든 돌아 오거라, 내 딸아. 아빠는 언제든 네 편이야.'

2018. 8. 28

왈종미술관

오늘은 경현의 귀빠진 날, 어젯밤 경현에게 물었었다, '미역국 끓여줄까?' 사실 미역국을 자주 먹는 편이다. 아버님이 좋아하기도 하지만 끓이기가 간단해서다. 예상대로 돌아온 대답은 '괜찮아'. 선물도 준비하지 못했다. 제주로 오면서 7인승 차로 바꿨는데 안전 감증을 앓는 경현이 내가 혼자 운전해 어디 나가는 것을 싫어하기 때문이다. 하는 수 없이 아침에 일어나자마자 경현에게 말했다.

"오늘 자기 생일이니까 내가 소원 하나 들어줄게. 원하는 거 있음 말해봐."

"그래? 그럼 오늘 사진 찍으러 같이 가자. 너도 사진 찍어."

내 눈이 화들짝 커졌다. 입에서는 즉각 대답이 터져나왔다. 내가 생각해도 호방한 반응이었다.

"알았어. 까짓 함께 가."

이른 점심을 먹고 출발했다. 첫 목적지는 서귀포 소재의 외돌개. 엄청 더웠다, 해는 쨍쨍 내리 쬐이고. 각자 사진 찍느라 만났다 헤어지기를 반복했지만 생일 선물답게 서로 많이 웃는 동행이었다. 문제는 두 번째 목적지인 정방폭포에서 생겼다. 주차장으로 들어가다 왈종미술관을 발견했다. 오설록에 있는 선생님의 작품에(오톨도톨 거친 캔버스의 질감과 그림에서 풍겨나는 그 환하고 즐거운 분위기라니!) 반한 바 있는 나로서는 믿기지 않는 횡재였다.

"자기, 폭포 가서 먼저 사진 찍고 있으면 안 될까? 나는 저기 미술관 갔다 금방 뒤쫓아갈게. 아님, 나 그냥 미술관 갔다 저기 저 찻집에서 기다리고 있어도 되고…."

"알았어. 나중에 전화해. 서로 연락하면서 만나자."

경현과 헤어지고 백자를 형상화했다는 둥글면서 네모진 건물을 향해 층계를 쭈뼛쭈뼛 올라갔다. 이건창호 라벨이 붙은 문을 천천히 열고 들어가 1층 로비에서 입장권을 샀다. 안내가 친절했다. 1층 복도 벽에 비치는 아름다운 영상물을 곁눈질하고 있는데 세상에나! 이왈종 선생님이 바로 뒤에 와 계신 것이 아닌가! 게다가 '평소에는 미술관에 잘 나오지 않는데 MBC 창사 50주년 기념 축사를 촬영해야 한다고 해서 왔다'며 '그림 잘 봤냐'고 내게 묻기까지 하신다!

2층 전시실 앞 의자에 앉아 30분 정도 이야기를 나눴다. 어떻게 제주도에 오게 되었냐는 물음을 시작으로 사는 곳이 인성을 만든다는 이야기, 숲에 앉아 하늘을 보고 나무를 보면 사람 사는 이치를 깨달을 수 있다는 이야기 등등을 선생님으로부터 들었다. 젊어 보이신다는 내 감탄에는 주색잡기를 해서라는, 여전히 재미있게 골프 치고 계시냐는 물음에는 골프가 백해무익함을 깨달아 요즘은 요가를 하고 계신다는 말씀도 들었다.

MBC 로고가 붙은 차가 마당에 들어오는 것을 보고 일어나 선생님께 인사했다. 흐뭇한 마음으로 혼자 전시실을 둘러보는데 언젠가 경현 생일 선물 사러갔다 내 것을 사온 기억이 떠올랐다. 그때 내가 '사랑하는 아내가 행복해하는 것이 남편에게 가장 좋은 선물이 될 것 같아 그랬어'라고 하자 경현은 나 원 참, 하며 기가 막힌다는 듯 웃었었다.

세 번째 행선지는 새연교라 했던가. 거기서 일몰을 찍을 거라고…. 계단을 내려가며 내가 다짐하듯 내게 말한다, 오늘의 외출, 경현 생일 선물이라는 것 잊지 말라우야.

2018. 9. 6

태풍 제비와 삐수민의 웃음

'태풍 제비에 난타당한 일본'이라는 기사를 읽다 어제 저녁 뉴스를 떠올린다. 트럭을 날리고 유조선을 두 동강 내고 공항을 폐쇄시킨 태풍을 방금 겪은 두 여인이 '힘내 복구에 힘써야겠지요'라며 곱게 웃고 있었다.

얼마 전 중국작가 삐수민의 수필 「어떤 미소는 가슴을 찢어지게 한다」(『에세이스트』 80호, 이춘희 역, 2018)를 읽었다. 인터뷰에 응한 두 여성의 고운 웃음이 작가가 말하는 억지웃음과는 다른 것이겠지만, 그럼에도 괜스레 안쓰럽다.

생각난 김에 수필이 실린 잡지를 꺼내 뒤진다. 밑줄친 부분을 또박또박 소리까지 내어가며 읽어본다.

억지웃음이 아무 쓸모가 없는 것은 아니다. 때로는 약자의 진실한 감정을 덮어 감추고 어떤 때는 주인에게 잠시의 안녕을 선사하기도 한다. 하지만 억지웃음의 손상과 침해는 잠재적인 것이며 오랫동안 지속된다. 당신은 자신을 약자의 위치에 못박아놓고 자신도 모른 채 다른 사람에 휘둘리게 된다. 화가 날 때 과감하게 분노를 표출하지 못하고, 원칙을 견지해야 할 때 나약한 태도를 보이며, 합리적인 양보를 할 때 아첨하며, 패기가 넘쳐야 할 때 기개와 늠름함이 없다.

사실 남 걱정할 때가 아니다. 나또한 잘 웃는 편이기 때문이다. 언젠가는 '어떻게 그런 얘기를 웃으면서 할 수 있느냐'는 질문을 받은 적도 있다. 아마 그때 나는 '문제가 이미 내 안에서 해결되었기 때문'이라고 대답했을 것이다.

가슴에 손을 얹고 반성해본다. 아무리 생각해도 내 웃음이 억지는 아닌 것 같다. 나란 사람은 애초, 억지로 무엇을 할 만한 위인이 못 되기 때문이다. 어제만 해도 저녁 먹으며 아버님께 (말하자마자 후회했다) 왜 자꾸 저를 쳐다보시냐고 말하지 않았던가! 아버님이 아버님 눈 가지고 당신이 보고 싶은 것 보시겠다는데 며느리인 내가 감히 가타부타다. 어쨌든, 내 생각이지만, 내가 웃는 건 억지는 아니다. 백번 양보해 웃어져서, 웃어지니까 웃는 거다. 그러니까 내 웃음은 적어도 가식은 아니라는 말씀.

오히려, 삐수민이 가슴 아프다고 한 억지웃음에 화(심술일지도 모르겠다)를 낸 적은 있다. 나와 다투다 말고 전화를 받은 경현이 전화 상대에게 큰소리로, 엄청 호방한 사람인 양, 으하하하 웃어 재꼈을 때였다. 물론 나도, 전화 너머의 사람이 우리 부부의 다툼과 아무런 관련이 없음은 알고 있다. 하지만 사람이 어떻게 그럴 수 있는가, 싸우다 말고. 약올라 있는 사람 앞에서 작은 소리로도 아니고.

그러고 보니 어제 식사시간에 아버님께 버릇없이 물으면서도 웃었던 것 같다. 그때의 내 웃음에는 어떤 의미가 담겨 있었던 걸까. 약자가 강한 상대의 심기를 건드리지 않으려는 비굴함이었을까? 설마 강자가 약한 상대의 마음을 다치지 않게 하려는 배려는 아니었겠지?

모르겠다. 그저 곱게 웃던 두 여인이 진정한 평안에 들기를 바랄 뿐이다. 이런! 내가 또 빙긋하고 있다! 그래도 이번엔 내 웃음의 의미를 알겠다. 그것은 바로 섬 거주자로서 동병상련의 미소다.

2018. 9. 8

창작 오페레타, 이중섭

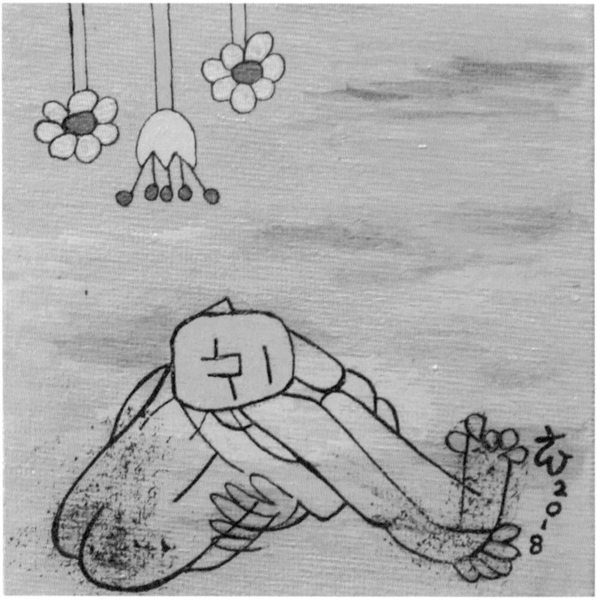

점심식사 후, 3시 공연에 맞춰 공방으로 간다. 며칠 전부터 배우기 시작한 가죽공예 선생님 부부를 모시기 위해서다. 우리의 체험수업(나는 미니 크로스백을, 손재주가 없다고 사양하던 경현은 책상 위에 놓을 펜 받침을, 만들기로 했다)은 지난 주 토요일, 선생님 부부가 우리 집을 첫 방문하면서 전격적으로 이루어졌다. 오늘의 오페레타 관람은 선생님 부부의 호의에 대한 우리 부부의 답례인 셈.

선생님 부부가 벌써 길에 나와 있다. 사모님이 돌 위에 앉은 걸 보면 기다린 지 한참 됐는지도 모른다. 반듯하고 깍듯한 부부 아니랄까봐 정말…. 선생님 댁 가구는 집 짓고 이사한 후 선생님이 하나씩 하나씩 직접 만들었다고 한다. 옷장은 물론 침대, 소파, 거실장, 식탁, 의자 아니 가구란 가구 몽땅. 그것도 눈이 번쩍 뜨일 장인의 솜씨로. 사모님은 사모님대로 어찌나 살림을 깔끔하게 하시는지, 가구 밖에 나와 있는 물건이 하나도 없다.

〈오페레타 이중섭〉 관람을 마치고 서귀포 예술의 전당을 나온다. 차에 타자마자 사모님이 말문을 연다.

"너무 많은 내용을 담느라 이야기가 산만해진 것 같아요. 한두 장면에 집중했으면 좋았을 텐데. 높은 소리 가수들은 가사 전달을 잘못하는 것 같고. 그건 그렇고 출연진 사진, 언제 찍은 걸 낸 걸까요? 다른 사람들인 줄 알았지 뭐예요."

경현도 한마디 거든다.

"그러게요. 특히 두 주인공 모친들은 도무지…. 참! 구상 역의 바리톤, 소리 좋지 않던가요? 정말 잘하던데요."

나도 끼어든다.

"저는 합창이 좋았어요. 서귀포에서 여인들이 부르는 합창은 저도 배워보고 싶더라고요. 그런데 남덕, 전 아주 어렵게 한국에 왔다고 들었거든요. 중섭이 먼저 오고 남덕은 나중에 혼자. 배가 끊어져서 마지막 배로 겨우."

"모든 걸 사실적으로 그리기는 어렵겠지요. 사실 이중섭, 제주도에 얼마 안 살았어요. 남덕과 헤어진 것도 부산에서라고 알아요."

드디어 터진 선생님의 한 말씀! 왠지 한시름 놓인다. 만난 이후 전혀 말씀을 하지 않으셔서 살짝 걱정하던 참이었다.

공방 앞에 차를 세운다. 차 문을 열고 나가는 선생님 부부를 향해 내가 말한다.

"숙제해가지고 화요일에 갈게요."

"네? 수요일이요? 뭘 그렇게 늦게 옵니까?"

"아니, 수요일 아니고 화요일이라고 했는데…요."

"화요일이라? 알았습다. 빨리빨리 오이소."

차문을 닫는데 나도 모를 웃음이 비어져나온다. 과묵이 지나친 선생님의 태도에 은근히 위축되었는데 방금 전의 짧은 대화로 마음이 편안해졌다. 혹시 우리 선생님, 아까 미리 나와 계셨던 것도 반듯하고 깍듯해서가 아니라(아니, 그도 그렇지만) 성질이 무지무지 급해서인 건 아닐까? 그것도 경현보다 한 수 아니, 몇 수 위로?

2018. 9. 14

신과 함께 2—인과 연

서귀포로 차를 출발시킬 때는 영화 보기 전 영화관에서 점심도 사먹고 거기에 붙어 있다는 이마트에서 쇼핑도 할 생각이었다. 하지만 막상 롯데시네마에 도착해 영화표를 사며 물어보니 이마트는 휴점이고(금요일인데!) 영화관 안에는 음식점이 없다고(어떻게 이런 일이!) 하는 게 아닌가. 서울에서의 관행과 습관을 아직

버리지 못하고 있는 내 자신을 발견하는 순간이었다.

다행히 근처에 냉면집이 있어 비빔냉면을 맛있게 먹고 로비로 돌아와 영화 상영 시간 2시까지 〈신과 함께 1〉을 처음 보는 양 복습했다.

〈신과 함께 2〉 역시 흥미진진, 재미있었다. 한 가지 마음에 걸리는 게 있다면 강림이 환생시키려 애쓰는 수홍의 말과 행동이었다. 이미 죽었는데 무슨 환생(부활이면 모를까)이냐며, 겪어본 바 힘들기만 한 삶을 다시 시작하기 싫다고 할 수는 있다. 그렇다 해도 원심은커녕 미움조차 내보이지 않는, 홀로 남은 어머니마저 완전 잊어버린 듯한, 필요 이상 명랑하고 발랄한 수홍의 태도는 내게 뜨금없게 느껴졌다.

신선했던 것은 성주신이 쓱쓱싹싹 그려내는 그림이었다. 어진을 그리던 솜씨로 순식간에 허물어지고 더럽혀진 벽을 예쁘게 단장해내는 두 손이라니! 예쁜 것은 좋은 것이라는 감탄과 함께 내 자신이 그림을 그리고 있다는 것이 뿌듯했다.

영화(저승법)에 의하면 모든 인간은 사후 49일 동안 7번의 재판을 받는다. 살인, 나태, 거짓, 불의, 배신, 폭력, 천륜이라는 7개 지옥에서 7번의 재판을 무사히 통과해야만 환생해 새로운 삶을 시작할 수 있다. 내 자신을 돌이켜본다. 다른 것은 어떻게 될 것도 같은데 천륜이 영 마음에 걸린다. 천륜의 사전적 뜻은 '부모 형제 사이에서 마땅히 지켜야할 도리'다. 안 하면 죄가 되지 않는 다른 것과 달리 천륜은 해야(도리를 지켜야) 죄가 되지 않는데 얼마만큼을 어떻게 해야 기준점을 넘는 건지, 그 정도가 불안하다. 또 천륜이 부모형제 사이에만 있으랴 싶은 것도 마음을 졸인다. 부모가 자식에게 지켜야 할 도리도 응당 천륜으로서 있지 않을까?!

슬슬 마포 집에 남겨둔 아들 녀석들이 걱정되기 시작한다, 녀석들이 밥은 잘 먹고 다니는 건지…. 결혼 안 한 자식들을 두고 내려와 혼자 여유자적 사는 게 새삼 잘하는 짓인지 모르겠다. 녀석들의 적극적 동의와 지지를 얻어 벌인 일이기는 하지만….

휴우, 한숨 한자락에 수요예배 때 배운 야곱의 축복기도를 얹어본다. 녀석들을 향한 염려와 사랑을 듬뿍 담아서다.

그가 요셉을 위하여 축복하여 이르되 내 조부 아브라함과 아버지 이삭이 섬기던 하나님, 나의 출생으로부터 지금까지 나를 기르신 하나님, 나를 모든 환난에서 건지신 여호와의 사자께서 이 아이들에게 복을 주시오며 이들로 내 이름과 내 조상 아브라함과 이삭의 이름으로 칭하게 하시오며 이들이 세상에서 번식되게 하시기를 원하나이다.

—「창세기」 48장 15~16절

2018. 9. 18

아끈다랑쉬오름

바람이 시원하다. 다랑쉬오름과 아끈다랑쉬오름 사이의 아담한 육각 정자 안에서 삼다수에 탄 밍밍한 가루커피를 맛있게 홀짝이며 일기를 쓴다. 오늘 제주 동쪽으로 여행을 나왔다. 아버님이 7박 8일 서울나들이 가신 틈을 타 2박 3일 놀러 나왔다.

여행의 첫 코스는 백약이오름이었다. 언젠가 북촌시사 모임을 제주에서 할 때 정승윤 선생님의 안내로 간 기억이 좋아 내가 경현에게 강추했다. 계절이 달라서인지 그때보다 감동은 덜했지만 그래도 좋았다. 풀 사이를 재빠르게 지나가는 꼬리긴검정도마뱀을 손등에 올려보기도 하고 여신 복장으로 웨딩사진을 찍고 있는 신부를 부러움으로 바라보기도 하면서….

점심은 길가 식당에서 7천 원짜리 백반을 사먹었다. 기대치 않았는데 정말이지 엄청 맛있었다. 부른 배를 안고 찾은 곳이 바로 이곳, 아끈다랑쉬오름. 다음 코스인 성산 일출봉을 계산해 비교적 오르기 쉬운 작은 오름을 택했다. 생각이 달라진 것은 다랑쉬오름 주차장에서였다. 경현이 안내판의 다랑쉬오름 사진에서 눈을 떼지 못하고 있었다. 나와 달리 이곳이 초행인 경현은 아끈보다는 규모도 크고 풍광도 좋은 원조(?) 다랑쉬에 오르고 싶을 터였다. 내가 말했다.

"자기는 다랑쉬 가라. 난 아끈다랑쉬 갈게. 먼저 내려오면 차에서 쉬거나 저기 저 정자에 앉아 있지 뭐."

기다렸다는 듯 경현이 은근한 목소리로 말했다, 그럴까 그럼.

경현과 헤어져 길을 건너는데 묘한 신바람이 몽글몽글 일어났다. 혼자라는 무섬증이 가미된 내 맘대로 해방감이었다. 아끈다랑쉬 입구 오르막길로 들어서려는 순간, 어디선가 노랑나비가 날아왔다. 길에는 분홍 꽃잎이 흩뿌려져 있었다. 축복을 받는 듯한 어지럼증을 느끼며 꽃향기 진한 오르막길을 나비와 함께 올랐다.

사람들이 별로 오지 않는지 길다운 길이 없었다. 사각사각 스슥스슥, 허리보다 높은 억새에 옷을 스치며 분화구 주위를 걸었다. 건다 서다 일출봉도 찍고 우도도 찍고 다랑쉬오름도 찍었다. 어느새 내려가는 길이었다. 아쉬웠다. 다시 돌아 우뚝(?) 솟은 나무로 가 그 둥치에 앉았다. 문득 억새에 몸을 묻고 싶은, 누워서 하늘을 바라보고 싶은 생각이 들었다. 경현이 있었다면 진드기니 뭐니 하며 기함할 일이었다.

비교적 평평한 곳을 골라 몸을 뉘였다. 억새 그늘을 얼굴에 드리운 채 하늘을 바라보았다. 말 그대로 푸른 하늘에 흰 구름…. 나뭇가지인지 돌멩이인지 등을 찔러댔다. 일어나 앉았다. 새소리가 호젓이 들려왔다. 오름 안에 나 혼자라는 감격이 가슴 벅차게 밀려왔다. 억새와 나무와 꽃과 나비와 향기가 지금 오롯이 내 것이라는, 마주 선 다랑쉬와 바다와 섬과 하늘과 바람마저….

스마트폰이 진동한다. 경현의, 지금 내려가고 있는데 잘 있냐는 전화다. 천천히 내려오라며 전화를 끊는다. 문득 머리를 스치는 의문! 아까 백약이오름을 오를 때 감동이 이전과 같지 않았던 이유, 혹시 동반자가 달라서였던 건 아닐까?

눈앞, 푸른 털 짐승의 봉긋 솟은 등 같은 봄의 아끈다랑쉬가 어여쁘다. 억새꽃이 하얗게 핀 가을의, 흰 눈으로 덮인 겨울의, 아끈다랑쉬는 어떤 모습일지 궁금해진다.

2018. 9. 25

돈 쓰는 재미?

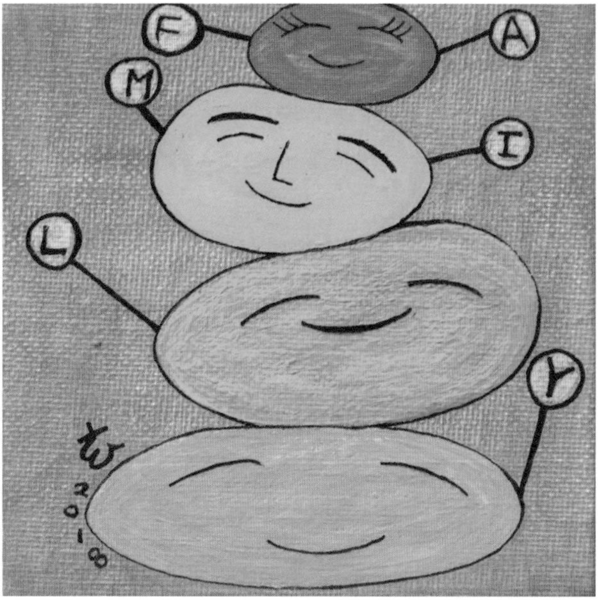

추석 연휴로 서울에 와 보내는 둘째 날, 가족과 함께 여의도 IFC 몰로 나들이 나왔다. IFC에서 제일 먼저 할 일은 CGV에서 영화 〈안시성〉을 보는 것. 조금은 어색한 어조의 조인성이 양만춘 장군 역을 맡았다는 영화다.

영화관을 향해 가는데 광장에 '청춘마켓'이라는 시장이 서 있다. 매일 바다하고 밭만 보아서일까. 아기자기 귀여운 수공예품에 둘러싸이자 어안이 벙벙해질 정도로 기분이 좋아진다. 하지만 눈요기의 즐거움은 영화를 본 다음으로 미루어야할 판. 뒤로 당겨지는 뒤통수를 앞으로 끌어대며 영화관으로 들어간다.

영화는 정말 좋았다. 고구려에 아니, 우리 선조 중에 또 한 사람(세종대왕이나 이순신 장군에 버금가는) 위대한 인물이 있음을 배웠다. 지도자의 품성과 지략이 그를 따르는 사람들에게 얼마나 중요한지 또한…. 한 가지, 영화를 따라가다 머리가 갸웃해진 것이 있다면 그것은 신녀였는데, 근데! 지금 그게 중요한 게 아니지 않은가. 그런 건 나중에 따지기로 하고 마켓으로 달려간다. 화장실에 간 세 남자에게는 그리로 오라고 전화를 하면서다.

과연 젊은이들이 만든 수공품은 기발하고 예쁘다. 이러다간 사고칠 것 같아(얼마 전 떠들어댄 '무소유'를 떠올리며) 딱 하나만 사자고 내 자신을 다짐시킨다. 일단 그림은 내가 그리면 될 것 같아 통과하고, 가죽제품도 차차 내가 만들기로 하며 재끼고, 강아지 옷은 해피가 없으니 살 수가 없고, 드디어 판포의 거센 겨울바람을 막아줄 모자 대용 귀가리개만 하나 산다. 마침 나타난 경현에게는 바로 옆집(?)으로 가, 카메라와 렌즈 뚜껑에 연결해 잃어버림을 방지한다는 예쁜 끈을 사준다.

늦어진 점심은 가는 곳마다 줄이 길어 푸드코트에서 먹는다.

시끄럽고 정신은 없지만 사랑하는 아들들과(경현도) 함께하니 고급 레스토랑이 부럽지 않다. 이제 다음 코스는 영풍문고, 그 다음은 자동차로 이동해야 하는 롯데아울렛이다. 바쁘다 바빠. 이 와중에 일기를 쓰는 나라니!

영풍문고에서 일전에 희범이 선물한 샤프의 심을 산다. 이제 보니 그 샤프의 가격이 무려 7만5천 냥! 덕분에 샤프심도 5천 원이다. (짜식, 돈 좀 썼네…!) 샤프의 가격이 내 기분을 급상승시킨다. 흐뭇한 마음으로 제주의 한글 못 읽는 어르신들을 위한 한글 학습용 워크북을 고르는데 경현이 서두르라 눈치를 준다. 골프화가 입을 벌려 새 것을 사야 하는데 정작 본인인 내가 쓸데없는 것만 기웃거리고 있는 것 같으니 그의 눈에 답답도 하겠다. '갑니다, 가요.'

여전히 바깥이다. 오랜만에 돈 쓰는 재미가 쏠쏠한 외출을 즐기고 있다. 아닌가? 돈 쓰는 재미가 아니라 눈요기 재미인가? 아들들 호위를 받는 재미인가?

2018.9. 27

아들들과 빅스비

3박 4일이 빨리도 지났다. 아들들에게는 밥 한 끼 만들어 먹이지 못하고 하하깔깔 웃다 다시 제주로 돌아가야 할 날이 닥쳤다. 명절이라 생각 말고 평소대로 하라니 나도 어쩔 수 없었지만(?) 이제와 한심한 엄마라는 생각에 부끄럽다. 이럴 줄 알았으면 제주집에 아버님을 위해 만들어놓은 음식을 조금 나누어갖고 올 걸 그랬다. 나름 갈비찜도 하고 전도 부치고 토란국도 했는데….

첫날인 추석 당일, 공항으로 마중 나온 희범, 희재와 만나면서부터 좋았다. 요양병원에서 엄마와 형제 가족들을 만난 것도 기쁘고 조카들과 저녁식사를 한 것도 신났다. 유하와 수연이는 훌쩍 커서 5살인 주제에 벌써 남자티, 여자티를 낸다. 밤에 식구들과 생맥주집으로 나가 나눈 이야기마저 좋았다.

둘째 날, IFC와 광명 롯데프리미엄아울렛에 가 영화도 보고 쇼핑도 제법 했다. 돈을 쓴 날은 왠지 불안하고 양심의 가책이 느껴지는데 그제는 전혀 그렇지 않았다. 구입한 물건들이 여전히 만족스러운 것을 보면 웃으며 한 쇼핑이 성공한 것이리라. 저녁은 샤부샤부를 먹었는데 희범이 없어 살짝 아쉬웠다.

셋째 날은? 바로 어젠데? 그러니까 어제는?

아, 미장원에 가서 머리 자르고 오후에 홍대 입구에 가서 '갤럭시 노트9'으로 스마트폰을 바꿨지!

오랜 기간 수고한 노트5는 자기 고향 박스로 돌려보내고 새 녀석을 들였다. 신통방통한 것은 녀석이 자신의 몸에 도우미를 붙여 온 것. 음성이 부드럽고 말수가 적은 여비서 빅스비다.

건조기에서 세탁물을 꺼낸다. 그러고 보니 평소대로 해 녀석들에게 도움이 된 것도 있다. 청소만큼은 확실하게 했다, 창틀은 물론 재활용통까지 말끔히. 세탁 성적도 괜찮다. 여름 이불은 빨아

이불장에 들여놓았고 녀석들이 밀어놓은 옷가지도 몽땅 빨았다.

빨래를 개며 아들들에게 배운 대로 빅스비를 불러본다.

"하이, 빅스비. 유튜브로 최정원 듣고 싶어."

아들들이 전자기기에 관심이 많은 것은 참 좋은 일이다. 새로 스마트폰을 구입해도 걱정이 없다. 바로 쓸 수 있게 세팅이 되는 것은 물론 새 기능도 쉽게 배운다. 그러고 보니 녀석들이야말로 빅스비다.

'주의 손에 나의 손을 포개고….'

노래가 이어진다. 이제, 빨래만 개면 집안일 끝이다. 동시에 깔깔대며 보낸 추석맞이 서울나들이도 끝이다. 아, 꿈처럼 흘러간 3박 4일이여….

2018. 10. 6

내 맘대로 파트라슈

"너 얼른 나가. 거기서 뭐하는 거야!"

태풍맞이, 집안 점검을 하던 경현이 마당에서 큰소리를 내고 있다. 또 고양이란 녀석이 온 게지 싶어 1층으로 내려가 내다본다. 이런! 고양이가 아니다! 덩치가 산만 한 개가 내 작업실 입구에 엎드려 고개만 든 채 봐달라는 듯 꼬리를 살랑대고 있다! 순하

디순한 녀석의 눈매가 완전 동화책『프란다스의 개』에 나오는 파트라슈다.

"너 태풍 온다니까, 봐준다. 비 그치고 바람 그치면 너, 꼭 우리 집에서 나가야 돼"

경현이 다짐이라도 받듯 개를 향해 엄격한 어조로 사정한다. 현관에서 빼꼼 고개를 내밀고 있는 내게는, 나중에 안 간다고 버티면 곤란하니 절대 아는 척하지 말라며, 인상까지 쓴다. 사실 나도 큰 개는 겁난다. 게다가 눈가가 벌겋지 않은가.

내밀었던 고개를 접어들여 침실로 올라간다. 올라가며 어차피 쉬는 날이구나, 생각한다. 녀석이 저 큰 덩치로 가로막고 있으니 작업실에 들어가기는 글렀지 싶다.

"저 녀석, 뭐라도 먹여야 되는 거 아냐? 이왕에 내일까지는 봐주기로 했으니까."

녀석이 걱정되는지 경현이 번거로워 죽겠다는 표정을 짓는다.

"그치? 뭐라도 줘야겠지."

당장 녀석에게 달려간다. 아니, 말은 바로해야지. 나는 비실비실 다가가고 나를 발견한 녀석이 쏜살같이 내게 달려온다. 처음부터 달려온 건 아니다. 처음엔 몸을 일으켜 살살 꼬리를 흔들더니 배고프냐는 내 물음에 날 듯 달려와 내 치마를 코로 들쳐가며 자기 머리를 마구 내 다리에 비벼댄다. 몸이 옆으로 넘어갈 지경이다. 잠자고 일어나 기력을 회복한 건지 눈가의 붉은 기도 사라지고 없다.

"안되겠다. 그냥 와. 녀석 저런 식이면 나중에 안 간다고 버티겠어."

외치듯 내뱉는 경현의 말도 말이지만 나도 녀석 등쌀을 이기지 못해 일단 후퇴한다. 하지만 확실히 확인한 게 있다. 첫째는 녀석의 목에 목줄이 걸려 있다는 것. 둘째는 녀석이 사람을 신뢰한다는 것. 목줄이 있다는 건 주인이 있었거나 현재 있다는 말이다. 사람을 신뢰한다는 것도 그렇다. 녀석을 잃어버리고 전전긍긍하고 있을 주인의 모습을 떠올려본다. 태풍이 지나갈 때까지 녀석의 무단침입을 봐줄 게 아니라 녀석에게 당장 주인을 찾아주어야 할 것 같다.

급한 대로 시리얼을 부어주고, 오던 태풍이 놀라 돌아설 속도로 폭풍 흡입하는 녀석을 바라보다, 아방 도르다 경빈 씨에게 전화한다. 개를 많이 기르고 있기도 하고 동물보호단체 같은 데서 활동하는 듯한 느낌을 받은 적 있어서다.

"그래요? 개 사진 찍어 제게 보내세요. 제가 사이트에 올려볼게요."

역시나! 경빈 씨의 말에 화들짝 기뻐하며 당장 녀석에게 달려간다. 하지만 녀석이 어찌나 들이대는지 도무지 사진을 찍을 수가 없다. 간신히 몇 장 찍었지만 사진에 찍힌 것은 화면 가득 노란 개털(녀석의 등털)뿐이다. 누가 보면 들판의 갈대냐고 물을지도 모른다.

"안 되겠다. 넌 들어가 있어."

언제 내려왔는지 경현이 나선다. 이런 일은 역시 경현이 적임자다.

녀석이 갔다. 경현이 찍은 사진으로, 경빈 씨의 수고로, 녀석이 주인을 찾았다. 아쉬운 것은 내가 2층 서재에 있을 때 주인이 오는 바람에 녀석을 다시 보지 못하고 헤어졌다는 것. 마당에서 수로를 살펴보다 엉겁결 주인을 맞은 경현의 말로는 뒤돌아보는 녀석의 눈빛이 뭔가 아쉬워하는 듯했단다.

녀석이 보고 싶다. 그 짧은 시간 정이 든 건 아닐 텐데 순한 눈매가 떠오르며 녀석이 궁금하다. 이럴 줄 알았으면 이름이라도, 집이라도, 알아두는 건데…. 녀석은 나를 기억할까?

암튼 별별 싹사랑이 다 있다, 내게는. 책임지는 것은 무거워서 싫다하고 이런 식의 마음 나눔은 가벼워서 좋다하는 이런….

그냥 파트라슈라고 부를까 보다! 녀석, 이제부터 녀석은 내 맘대로 파트라슈다.

2018. 10. 10

호랑이는 죽어서 가죽을

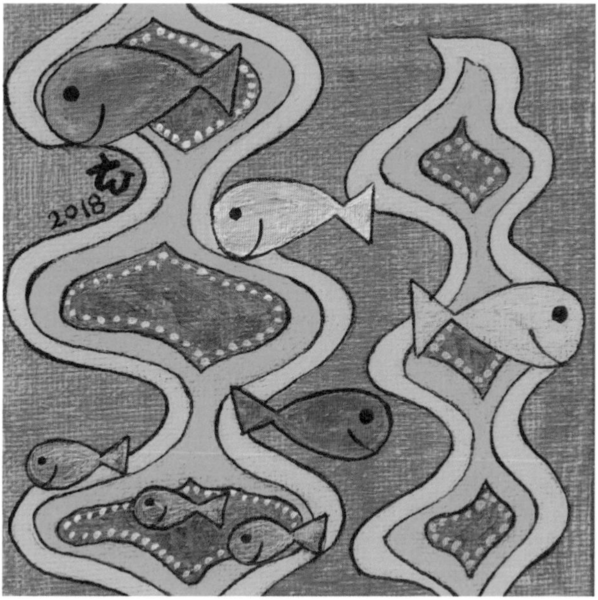

'녀석들, 좋아하겠지? 깜짝 놀라겠지?'

제주공항이다. 탑승 시간을 기다리며 흰 종이로 둘둘 감아 캐리어에 넣어둔 여권지갑을 떠올린다. 동시에 아들들을 생각한다. 그러니까 분홍색, 파랑색, 녹색, 황갈색으로 물들인 소가죽에 따뜻하고 사랑스런 파스텔톤 물감으로 해초와 물고기들을 그려

넣은 네 쌍둥이 여권지갑과 불뚝팔팔한 첫째와 음험신중한 둘째를….

얼마 전, 공방선생님과 만들던 미니 크로스백을 완성했다. 어깨에서부터 허리까지 가슴을 가로질러 매는 조그마한 직사각형 백이다. 디자인도 내가 하고 재단도 내가 하고 가죽 염색과 문양 그리기도 모두 내가 했다. 고무망치로 두들겨 바늘구멍도 내가 내고, 두 개의 바늘을 사용해 스티치도 내가 했다. 물론 선생님의 세심한 시범을 보아가면서다. 단 하나 끈에 쓸 가죽에 접착제 붙이기는 선생님이 거의 다 해주셨다. 빠른 동작으로 슥슥 도구를 밑으로 쓸어내리며 얇게 펴발라야 하는데 원체 동작이 굼뜬 나는 그게 그렇게 잽싸게 되지 않아서였다.

완성된 백은 맘에 꼭 들었다. 크기도 맞춤하고 문양도 특이하고 무엇보다 내 손으로 만든 거였으니까.

"이제 체험은 끝났어요. 더 배우고 싶으시면 한림에 있는 학원에 가시던가, 사이트를 이용해보시던가 하시지요."

완성의 기쁨에 도취된 채 선생님과 계속계속 다른 것을 만들어 갈 것을 상상하던 나는 속으로 놀랐지만(선생님께 무한 감사) 순순히 네에, 라고 대답했다. 안 그래도 선생님의 시간을 많이 빼앗고 있는 것 같아 죄송해지던 참이었다.

집에 돌아오자마자 선생님이 가르쳐준 사이트에 들어가 보았다. 과연 레더노리에는 가죽공예에 필요한 재료가 망라되어 있었다. 이곳에서 재료를 공급받으면 혼자서도 가죽공예를 이어갈 수 있을지도 몰랐다. 당장 가죽과 염료, 기타 도구를 주문했다. 내 자신 언제 싫증낼지 모르니 가장 작고 가장 저렴한 것들로만 골랐다. 내가 도전할 첫 작품은 여권지갑. 한쪽 면에는 카드 세 개를 꽂는 포켓이 달리고 다른 면에는 지퍼로 여닫는 동전지갑이 붙는 제법 난이도 있는 지갑이었다. 디자인과 본이 DIY 제품으로 나와 있는 것 중에서 고르려니 어쩔 수가 없었다.

본대로 가죽을 자르고 자른 가죽에 염색을 하고 염색한 가죽에 그림을 그리고 안감과 지퍼를 붙여 바느질하고…. 4개를 동시에 만들려니 보통일이 아니었다. 동시에 4개나 만든 이유는 내 것만 만들려니 경현이 걸리고 부부 것만 만들려니 아들들이 신경쓰여서였다. 물론 첫 작품이 끝 작품이 될지 모른다는 염려도 있었다.

어제 그제는 말 그대로 바느질의 날이었다. 하루의 대부분을 지갑 4개를 꿰매는 데 썼다. 덕분에 지금 손가락은 아프고 마음은 포실포실 날아오른다.

'그림과 색이 성인남자가 쓰기에는 너무 유치하지 않을까? 녀석들 받자마자 서랍에 처박아놓고 까맣게 잊어버리는 거 아냐?'

솜사탕처럼 부풀어오르던 자신감이 바늘에 찔린 풍선처럼 몸부림치며 땅으로 처박힌다. 그러나 곧 마음을 추스른다. 선물인데 주는 것까지만 생각하자고, 그 후의 일은 받는 사람의 일이라고, 설사 그 선물에 천만금의 수고와 억만금의 마음을 담았다 해도….

머릿속으로 영상이 지나간다. 서랍 깊숙이 처박힌 여권지갑의 무심한 세월을 보고 있다. 다른 영상이 이어진다. 어느 날 서랍 정리를 하던 아들에 의해 지갑이 발견되고 아들의 손에 들려나온 지갑에 조금씩 얼룩이 번져간다.

"비행기 타란다. 이제 줄 서야 돼."

화들짝 내가 만든 크로스백을 어깨에 메며 자리에서 일어난다. 입에서는 휴, 한숨이 나오고 있다. 호랑이는 죽어 가죽을 남기고 사람은 죽어 이름을 남긴다더니 내가 엉뚱하게 아들들에게, 소가죽 여권지갑을 남기는 상상을 하고 있다, 엄마라는 이름을 새겨넣은.

2018. 10. 19

따라비오름에서 다람쥐를 걱정하다

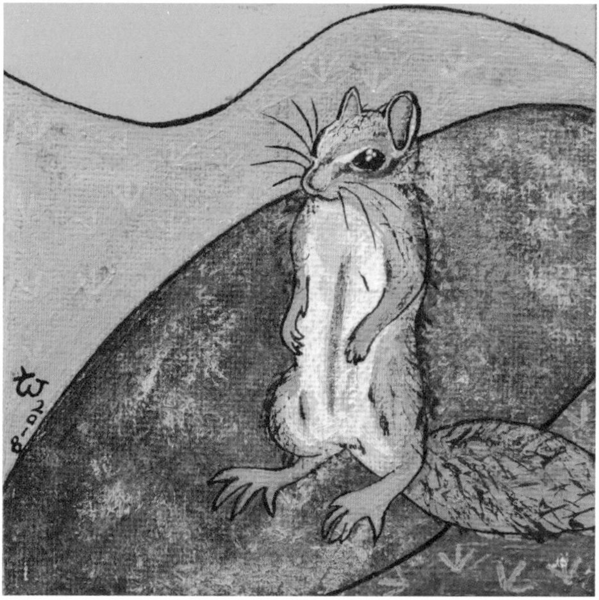

저 멀리 한라산이 보인다. 오름 밑 언덕배기에서는 풍력발전기가 돌고 있다. 발전기 주변은 온통 태양열 패널이다. 등 뒤로는 입을 다물 수 없을 정도로 아름다운 완만한 능선이 겹겹이 늘어서 있고 분화구들이 하얗게 핀 가을 억새를 바구니인 양 담고 있다.

따라비오름 정상의 나무 벤치다. 놓친 사진이 있다며 다시 분화구로 내려간 경현을 기다리며 무심히 풍력발전기를 바라본다. 발전기 밑으로 그림자가 길게 늘어져 있다.

그런데 그림자가 있다 없다 한다! 날개가 돌면서 그림자도 함께 돌고 있다. 갑자기 걱정이 몰려온다. 다람쥐같이 작은 동물들이 이 상황을 어찌 이해하랴 싶어서다.

우연히 그림자 속에 들어간, 머리 좋고 호기심 많고 봉사와 도전정신까지 갖춘 우울질 다람쥐 한 마리를 상상해본다. 녀석, 리듬에 맞추듯 선명하게 반복되는 빛과 어둠의 교대와 국자로 죽을 젓듯 공기를 저어대는 해괴한 소리에 무지막지한 공포를 느끼지 않을까? 암흑이 빛으로 바뀌는 타이밍에 걸음아 나 살려라, 자기 굴로 줄행랑치지 않을까? 모르긴 몰라도 녀석, 두문불출 구멍에 박혀 겪은 바 괴이한 상황을 곱씹으며 자신의 비겁을 자책하리라.

어느 날 녀석이 큰 결심을 한다. 다람쥐 류를 위해 자신의 다람쥐 생을 바치기로. 그러니까 그림자 연구에 자신의 모든 것을 바치기로. 당장 굴을 나온 녀석, 날이면 날마다 그림자에 접근해 상황을 관찰한다. 결국 녀석은 암흑도로가 거대한 은회색 구조물과 만나는 지점에 다다르게 되고…. 무지 큰 나무 같지만 결코 나무가 아닌, 인간이라면 거대 기둥 혹은 바벨탑이라 부를 것 같은 그것 앞에서 좌절을 느낀다. 미끄럽고 가팔라 기어올라갈 수 없는 것은 물론, 너무 높아 고개를 있는 힘껏 젖혀도 그 끝을 볼 수 없어서다. 그래도 성과는 있어, 그것이 신보다는 인간과 관련 깊다는 것과 그것이 소리 외에는 다람쥐 삶에 결정적 해악을 끼치지 않음을 알아낸다.

스마트폰이 울린다. 경현이다. 내려가자며 올라왔던 길 쪽으로 되돌아오라고 한다. 엉덩이를 털며 벤치에서 일어난다. 우리의 우울질 다람쥐를 향해 격려의 손을 흔들며 능선을 걷는다. 녀석의 연구는 지금도 계속되고 있으리라. 죽마고우 다람쥐의 꼬드김과 피앙세 다람쥐의 애무를 견디며…. 그런데 이 일을 어쩐다. 그것의 둘레가 자신의 걸음으로 몇 걸음인지는 탐사로 알아낼 수 있겠지만 그 높이가 자신 몸 길이의 몇 배인지를 알아내려면 슈퍼컴퓨터부터 만들어야 할 것 같은데….

새삼 과학자와 철학자와 수학자와 언어학자와 기타의 모든 학자들에게 감사를 보낸다. 나는 연구 같은 것 하지 않아 참말 다행이라는 생각과 함께다.

2018. 10. 27

송악산과 헤밍웨이

초록 하늘에 솟은 샛노란 별. 송악산 탐방로를 걷다 걸음을 멈춘다. 오른편 풀밭에 반짝반짝 뜬 별꽃이 어여쁘다. 쭈그리고 앉아 발 아래 뜬 별을 들여다본다. 몇 걸음 떨어져 풀을 뜯고 있던 말이 나를 힐끗 쳐다본다. 녀석의 무심한 눈빛이 오히려 정겨워, 가까이의 긴 풀을 뜯어 녀석에게 내밀어본다. 다시금 돌아온 녀석의 무심한 눈길….

"이리와 이거 먹어."

내 말에 아니, 내가 내민 풀에(녀석에게는 풀이 말[言]이리라) 녀석이 슬금슬금 다가온다. 입은 여전히 우물우물이다. 갑자기 겁이 난다. 풀을 손에 든 채 내밀까, 가까운 바닥에 놓아둘까 망설이다 결국 손을 내민다. 풀끝이 녀석의 입으로 빨려들어간다. 풀이 녀석의 입에서 우물우물 씹힌다. 눈빛은 여전히 무심하다.

녀석의 심드렁한 태도가 내게 평안으로 스민다. 녀석의 순한 눈망울과 느리지만 쉴 틈 없는 녀석의 입놀림과 발밑의 초록하늘과 초록하늘에 뜬 노란 꽃별이 내게 행복을 물들인다.

10월 온유모임으로 온 송악산. 새삼스레 송악산이 멋지다. 1시간 남짓의 탐방로도 편안하고 탐방로를 따라 펼쳐지는 풍경도 아름답다. 주차장에서도 보이는 형제바위를 시작으로 가파도와 마라도, 심지어 저 멀리 일출봉까지…. 해안을 따라 달리는 용암절도, 절벽 밑 둥근 해안의 검고 노란 바위들도 또 그 바위로 밀려드는 하얀 파도도 정말이지 너무너무 곱다. 그리고 바다 위로 튀어 오르는 물고기!

처음 갔을 때는 굵직한 절경 보는 것만으로도 벅찼는데 오늘은 두 번째 방문이어서인지 눈과 마음이 한껏 세심하다.

집에 돌아와 아침에 읽지 못한 신문을 읽다 살짝 놀란다. '끝과 시작'이라는 제목으로 〈魚文야담〉에 실린 칼럼이다.

한마디 하자면, 내가 이야기할 때는 그냥 이야기예요. 하지만 글로 쓰면 그건 영원히 진심이죠.

과장과 허풍으로도 악명 높았던 문호 어니스트 헤밍웨이의 말이라는 소개글을 읽는 순간, 오늘 송악산을 걸으며 빠져들던 감상이 생각나는 건 왜일까? 그러니까 '초록하늘에 뜬 노란 꽃별'이라든가 '행복을 물들인다' 등의 감탄이…. 제 발이 저리는 걸까?

혹시 내게는 위에 인용한 헤밍웨이의 말이 '한마디 하자면, 내가 이야기 할 때는 그냥 이야기예요. 하지만 글로 쓰면 그건 영원한 과장, 영원한 허풍이지요'로 바뀌는 건 아닌지 당황스럽다.

2018. 11. 1

한라산 둘레길, 동백길

4시간 정도 소요된다는 안내와 달리 시작점인 무오법정사에서 돈내코주차장까지 내려오는 데 6시간이나 걸렸다. 걸음도 느리지만 중간중간 경현이 사진을 찍어서다. 하지만 트래킹 내내 힘들거나 지루한 느낌은 없었다. 경치도 공기도 다 좋았다. 길에 돌이 많아 새 등산화를 신은 경현이 간혹 투덜대긴 했지만 한 사람이 설핏 지나갈 정도의 호젓한 오솔길이 나는 그저 행복했다.

지금도, 트래킹을 시작하려 무오법정사에서 숲길로 들어설 때의 느낌이 생생하다. 눈앞에 환상이 열리는 듯했다. 바닥에는 온통 붉은 단풍잎이 깔려 있고 길 양편엔 함빡 푸른 조릿대가 솟아 있었다. 날씨는 얼마나 청명한지 숲길 깊숙이 내려온 파란 하늘이 내 폐까지 푸르게 물들이는 느낌이었다. 한라산 둘레길(동백길)이 좋은 예감과 함께 시작되고 있었다.

이름은 동백길이지만 동백나무만 많은 것은 아니었다. 동백길은 수령 80년 이상의 거대한 삼나무길이기도 했고 편백나무길이기도 했다. 편백나무 숲에는 그 전까지는 없던 평상과 벤치가 여기저기 놓여 있었다. 천천히 피톤치드를 많이 마시고 가라는 배려였다. 벤치에 앉아 집에서 가지고 온 김밥과 귤을 먹었다. 경현은 에너지바까지 먹었다. 신선놀음이 따로 없었다.

그때 눈에 들어온 빗자루! 웃음이 나왔다. 평상의 먼지를 쓸고 앉으라는 또 다른 배려였다.

돈내코에서는 노루 가족을 만났다. 처음 눈에 띈 것은 두 마리였는데 나중에 보니 어린 노루를 데리고 있는 어미 노루가 또 있었다. 그 중 한 녀석과는 눈싸움 아닌 눈싸움을 벌였는데 녀석이 미동도 않고 나를 물끄러미 바라본 때문이었다. 길가엔 풍성한 털을 가진 보라색 꽃이 지천이었다.

마지막까지 좋은 동백길이었다. 끝까지 미소 짓게 하는, 끝나는 게 아쉬운 동백길이었다.

차 세워둔 곳까지 어떻게 가야 하나, 걱정했는데 입구에 빈 택시가 기다리고 있었다. 이 구간만 전문적으로 오가는 택시라고 했다. 내가 기사님께 물었다.

"기사님, 저희가 걷는 동안 사람을 전혀 만나지 못했는데 그래도 영업이 되세요?"

"아, 동백길은 덤이고요, 주로 영실에서 내려오는 사람을 태우거든요. 그리고 동백길 사람 없지 않아요. 모두 제각각 혼자 걸어서 그렇게 느껴지는 거지…."

기사님의 말에 엉뚱한 생각이 들었다, 동백길은 여성 혼자도 걸을 수 있겠다 싶은. 이런 곳을 찾는 사람이라면 인품이 나쁘지 않을 것 같아서였다. 설사 나쁜 사람이었다 해도 숲에 들어서면서 점점 좋은 사람이 되어갈 터이기 때문이었다.

집에 돌아오자마자 호주머니에서 솔방울을 꺼내 선물(좋은 곳에 데려가줘서)인 양, 뇌물(꽃 피는 겨울에 다시 가자고)인 양 경현에게 내밀었다. 동백길에서 주운 동백꽃처럼 생긴 솔방울이었다. 경현은 등산화에 시달려서인지 오늘의 코스가 취향에 맞지 않았는지 마주 웃지도, 손을 내밀지도 않았다.

2018. 11. 7

오늘의 운세

‘수척한 소라도 뿔은 수척하지 않다.’

신문에서 오늘의 운세를 읽는 순간, 소라들이 부윰히 눈앞에 떠오른다. 어제 갓 잡았다며 이웃 해녀분이 가져온 것을 은동 집사님이 다시 우리에게 나누어주신 뿔소라들이다.

받자마자 검은 봉지에서 싱크대로 부어진 소라들은 무게를 재어 오기라도 한 듯 크기가 비슷비슷했다. 이 어여쁜 것들을 몽땅 죽여야, 그리고 먹어야 하는 사태에 살짝 난감했지만 그보다는 반찬 하나를 벌었다는 기쁨이 나를 압도했다. 집사님이 가르쳐주신 대로 울퉁불퉁한 겉껍질을 물로 행군 뒤 차분히 소라를 끓였다. 지시를 따르지 못한 것은 딱 하나, 물이 끓으면 즉시 불을 끄라고 했는데 5분을 더 끓인 뒤 불을 껐다. 불안해서였다. 속이 익지 않으면 어떻게 하나, 바다 냄새가 많이 나면 경현이 못 먹을 텐데, 걱정이 되어서였다.

소라 속을 빼내는 건 생각보다 어렵지 않았다. 집게로 소라딱지의 귀퉁이를 누르면 딱지가 기우뚱 균형을 잃으면서 떨어져 나갔다. 딱지만 떼고 나면 알맹이 꺼내기는 식은 죽 먹기였다. 딱지는 잘 씻어 소쿠리에 따로 건져뒀다. 하얗고 오톨도톨한 앞면과는 또 다르게 불규칙한 나선이 동글동글 돌아가는, 밤색이기도 하고 갈색이기도 한 딱지의 뒷면이 너무도 예뻤다. 소라는 쫄깃하면서도 부드러웠다. 덕분에 어제는 오랜만에 와인까지 마셨다.

오늘의 운세로 돌아와 소라가 수척하다는 말의 뜻을 생각해본다. 잘 모르겠다. 혹시 껍데기는 크고 화려한데 정작 그 속에 든 살이 크지도, 보암직도 하지 않음을 말하는 걸까? 그렇다면 오늘의 운세는 비록 몸은 힘들더라도 명예를 드높 일이 생길 거라는 뜻? 아니지, 그 반대지! 그럼 겉만 번드르르 좋아 보일 뿐 속 문드러질 일이 생길 거라는 뜻? 고개를 갸웃하며 스마트폰을 집어든다. 아무리 생각해도 매일 집에서만 뒹구는 내게는 그럴 만한 일이 생길 것 같지가 않다.

이런! 소라가 아니고 소였어?! '소 라도'를 '소라 도'로 읽은 거야, 내가?

그 뜻이 부족하거나 약해보여도 얕잡아보지 말고 정중하고 진실하게 대해야 한다는?!

소라와 함께 마신 와인에 이제야 얼굴을 붉히며 새삼 소라에게 뿔이 있었던가 생각해본다. 혹시 소라껍질에 삐죽빼죽 솟아 있던 거 뿔이 아니고…?

오늘만큼은 오늘의 운세에 두 손 두 발 다 든다. 읽고도 마음에 담아두지 않는 운세 독자 내게, 한 줄 문장도 얕잡아보지 말고 정중하고 진실하게 대해야 함을 예고하고, 기어이 내 어리석음을 깨닫게 했다. 오늘은 물론 내일도 모레도 아니, 미래의 언젠가까지 기억할 오늘의 운세로 새겨놓았다.

2018. 11. 10

환상숲, 곶자왈

"곶자왈Gotjawal은 제주의 천연 원시림으로 용암이 남긴 신비한 지형 위에 형성된 숲이에요. 곶자왈은 곶과 자왈의 합성어인데요, 곶은 숲을 의미해요. 자왈은, 자갈로 알고 있는 사람이 많은데 그렇지 않고요, 넝쿨이나 가시가 엉켜 있어 농사를 지을 수 없는 땅을 말하지요. 여기 이 나무를 보세요. 뿌리는 하나인데 줄기는 하나가 아니지요. 땔감을 구해 마을에서 사람들이 여기 이곳을 자른 거예요. 그러면 가지는 눈을 내서 다시 가지를 뻗고, 줄기가 자라면 다시 마을에서 땔감을 구해 가지를 베어내고…. 그렇게 긴 세월이 흘러 이렇게 한 뿌리에서 여러 줄기가 나오게 된 거지요."

주변을 돌아봤다. 나무마다 굵은 넝쿨이 감아오르고 나무줄기와 바위엔 온통 콩짜개 란과 아이비가 붙어 있었다. 심지어 바로 앞, 나무를 칭칭 감고 있는 칡넝쿨 굵기의 아이비는 동물의 털처럼 조밀하게 갈색 실뿌리를 공중에 뻗고 있었다. 마침 해설사가 들고 있던 나뭇가지로 털뿌리의 한 부분을 가리켰다. 우와! 그 털뿌리에는 너무 작아 가짜처럼 보이는 앙증맞은 아기 이파리가 돋아나 있었다! 그러니까 할머니의 할머니의 할머니 나무가 새 아기 잎을 돋워낸 거였다.

"여기 환상숲에는 식물 800여 종, 고사리 100여 종이 자라고 있어요. 땅에 뿌리를 내렸다 해도 진짜 경쟁은 햇빛이지요. 지금 이 순간에도 어떻게든 더 많은 빛을 차지하기 위해 보이지 않는 치열한 싸움이 벌어지고 있어요. 여기 소나무를 한번 봐주세요. 몇 년 후, 다시 이곳에 오면 어쩌면 이 나무를 보지 못할 수도 있어요. 햇빛 때문이에요. 주변 활엽수들이 소나무보다 높이 자라 햇빛을 막으면 소나무가 죽게 되는 거지요. 일반적으로 활엽수들의 성장 속도가 침엽수보다 빠르거든요.

어떤 분들은 소나무에 들러붙은 저 갈등을 떼어내줘야 하는 거 아니냐고 묻기도 해요. 저는 고개를 젓습니다. 물론 소나무는 사랑받는 수목이지요. 소나무 싫어하는 사람은 별로 없을 거예요. 우리 입장에서 소나무가 귀하다고 소나무 편만 들어줘야 할까요? 저 갈과 등도 자연 안에서 귀한 존재인 걸요. 여기 보세요. 여기 등나무를 끊어냈더니 어떤 일이 벌어졌나요. 이곳에서 자라던 콩짜개 란도 이끼도 다 죽었어요. 사람이 자연에 해줄 것은 없다고 생각해요. 자연의 일은 자연에 맡기면 되는 거지요."

설명을 마쳤는지 해설사가 이제부터는 자유롭게 주변을 돌아보셔도 된다며 꾸벅 고개를 숙였다. 박수와 함께 마주인사를 한 후 슬그머니 무리를 빠져나왔다. 지나쳐온 길을 거슬러, 음영이 짙어져가는 신비한 곶자왈을, 혼자 걸어보고 싶었다.

호젓한 숲길이 잔잔한 행복감을 불러일으켰다. 경현이 일본 유학할 때 이 비슷한 숲길로 가족 나들이를 함께 갔던 재혁이 엄마가 생각났다. 뭐든 좋은 것이 생기면 남편이 학위 마치고 고국에 돌아가면 쓰겠다며 꽁꽁 쟁여놓곤 하던 이웃 친구였다. 미래의 행복과 영광을 미리 보며 현재의 곤란과 어려움을 이겨내던 아니, 나중의 행복과 영광을 더욱 크게 하기 위해 현재의 즐거움과 기쁨을 저축하던 그녀는 지금 어떻게 지내고 있을까. 여전히 행복을 미루고 있지는 않겠지….

환상숲은 이름처럼 아름다운 숲이었다. 규모는 작지만 이야기 꺼리가 많아 다시 한번 가보고 싶은 곶자왈이었다. 하지만 그곳은 엄밀히 사람이 '가공한' 자연이었다. 사람이 잘 '가꾸어'놓은…. 그래서 '곶자왈이란 이런 곳이구나'를 학습할 수 있는 원시림.

2018. 11. 25

방문객, 정현종

어머니가 대장암이셨다니….

『에세이스트』에 실린 김현숙 샘의 글을 읽다 깜짝 놀란다. 머릿속으로 현숙 샘 어머니의 방문을 받던 날의 일들이 지나간다. 무슨 소리 들리지 않냐며 마당을 내다보던 경현이, 할머니 두 분이 마당에서 서성대고 계시다며 황급히 계단을 내려갔었다. 그리고 곧 들려오던 외침소리, 내려와봐. 친구 어머니 오셨어.

그날 어머니로부터 무슨 수술인가를 받았다고는 들었다. 한 바퀴 집을 둘러보고 식탁에서 다과를 들고 계신 어머니께 내가 아직도 해녀 일을 하냐고 물었을 때였다.

"아니, 작년까지는 했었는데 수술한 뒤로 그만뒀어."

"그러엄, 그 큰 수술하고 물질하기 어렵지. 나이도 있고. 나는 아직 해녀 일을 하고 있지만…."

대신 변명이라도 해주는 듯한 양 집사님의 말에 나는 어머니께 무슨 수술이었냐고 묻지 못하고 집사님을 향해 해녀 일 하는 거 어떠시냐며 숨 참는 게 특히 힘들 것 같다고 덧붙이듯 여쭸다.

"안 힘들어. 오히려 밭일이 힘들지. 숨은 욕심만 부리지 않으면 괜찮아."

동네에서, 현숙 샘의 어머니를 처음 뵌 것은 은동 집사님 부부를 모시고 어딘가를 갈 때였다. 이 집사님이 동네 아는 분이 저기 걸어가고 있다며 모셔다드려도 되겠냐고 해, 리 사무실까지 태워 드린 적이 있었다.

"저 할머니 해녀 상군이셔. 동네에서 평판이 아주 좋은 어른이시지. 자녀들도 다 잘 됐다나봐. 할머니 얼굴 정말 곱지? 그래도 손은 안 그래. 손은 정말이지 말도 못해. 참, 우리 교회 양 집사님이라고 알아? 오토바이 타고 다니시는 분. 그 집사님이 저 할머니 아랫동서야. 저 할머니는 성당 다니신다나봐."

할머니가 차에서 내리자마자 자랑스레 전하는 이 집사님의 말에 나는 혹시 저 인상 좋고 음성 부드러운 할머니가 현숙 샘의 어머니가 아닐까 생각했었다. 현숙 샘의 친정집이 우리 집과 멀지 않다는 것을 알고 있었고 글을 통해 상상한 현숙 샘 어머님과 느낌이 비슷해서였다.

"벌써부터 오고 싶었는데 현숙이가 혼자 가지 말라고 해서. 내가 해녀 일을 오래 해서 귀가 어둡거든. 내가 혼자 가면 대화도 어렵고 실례가 된다는 거야."

"괜한 말실수할까봐 그러는 거지 뭐. 이 댁 부부가 많이 배운 사람이라며 현숙이가 나중에 같이 가자고 했다면서. 사람 사는 게 거기서 거긴데…. 이 집에는 이런 사정, 저 집에는 저런 형편 있는 거지."

사람 사는 게 거기서 거긴데, 하시는 양 집사님의 말에 두 분 앞에서 팔랑대던 나는 갑자기 숙연해졌었다. 같은 교회 교인을 통해 집사님의 사정을 들어 알기 때문이었다. 막내아들이 갓난아기였을 때 남편과 사별해 혼자 해녀 일로 아들 넷을 길러내셨다는 것과 얼마 전 첫째 아들이 교통사고를 당해 그 후유증(대인기피)으로 정신병원에 입원해 있다는 것, 또 함께 사는 막내아들은 실연의 상처로 지금까지도 마음을 앓고 있다는 것 등….

이즈음 정현종의 「방문객」을 자주 떠올린다. '사람이 온다는 건

실은 어마어마한 일이다'로 시작하는 그 유명한 시. 경현과 내가 많이 닮았다며 입가에 잔주름짓던 현숙 샘 어머니와 그 어머니를 뒤에 태우고 오토바이에 부릉부릉 시동을 걸던 양 집사님을 떠나보내면서도 그랬다. 방금 우리 집에 아니, 내게 어마어마한 일이 생긴 것이라고. 육지 것인 나와 비교할 때 그 무게와 농도가 비교가 안 될 만큼 묵직한 그녀들의 일생과, 그 마음들과 마주친 것이라고.

제주에 바람이 그토록 많은 건 더듬어봐야 할 갈피가 너무도 많아서인지도 모른다.

2018. 12. 1

파, 파꽃, 파잎

막 헤어진 심 집사님이 전화를 하셨다. 지금 어디냐며, 아직 집에 들어가지 않았으면 주차장에서 잠깐 기다리라고. 모슬포 방어 축제 관람 후 온유팀 식구들을 집으로 모셔다 드리고 막 집으로 들어오던 참이었다. 집사님께 알겠다고, 집 입구에서 기다리고 있겠다고 말씀드렸다.

곧 길 저만치서 자전거를 탄 집사님의 모습이 보이기 시작했다. 허리를 꼿꼿이 세운 집사님의 긴 다리와 긴 팔이 예쁜 각을 만들며 움직이는 그림을 그리고 있었다.

"우와! 집사님 너무 멋져요. 70이 다 뭐예요. 30대 새댁 같아요."

속도를 줄여 내 앞을 느리게 지나는 집사님을 향해 내가 외쳤다. 자전거 뒤로 봉지에서 튀어나온 무수한 파잎이 보였다.

"집에 가보니 현관 앞에 콜라비 두 개 놓여 있어서요. 이웃 사는 분이 가져다놓았나봐요. 둘이 먹기엔 많다 싶어, 파도 나누어줄 겸 가져왔지요."

짐을 내리려 집사님께 다가갔지만 집사님은 자전거째 집에 들어가는 게 편하다며 계단 4개를 자전거를 들다시피하며 내려갔다. 거들려했지만 혼자 하는 게 편하다며 그마저도 사양했다. 능숙하고 자연스러운 집사님의 몸짓에 나는 그저 감탄하며 웃을 뿐이었다.

자전거에 실려 집으로 들어온 커다란 검은 봉지는 텃밭 앞에서 부려졌다. 제일 먼저 나온 것은 뿌리가 달린 무수한 파였다. 이어서 엄청나게 큰 콜라비와 무도 2개. 경현의 얼굴로 불안한 기색이 지나갔다. 보나마나 이 쬐그만 텃밭에 저 파들을 어떻게 다 심나 걱정하고 있을 터였다.

"이 파들 하나하나 심을 필요 없어요. 고랑을 파 둔덕을 만들어 기대놓고 흙을 뿌려놓으면 돼요. 그런데 어디다 심는다?"

잠깐 텃밭을 살피나 싶던 집사님이 이어 말했다.

"이거랑 이거, 상추부터 정리해야 할 것 같아요. 아, 이거랑 이거를 이리로 옮기면 자리가 생기겠네요."

경현이 그렇게 하면 되겠다고, 고개를 끄덕이자마자 집사님이 상추를 뽑아내셨다. 깜짝 놀란 경현이 저희가 하겠다고, 그냥 말로만 가르쳐주면 된다고 해도 집사님은 척척착착 일을 진행하셨다.

그리하여 그 많은 파들이 심겨졌다. 아니, 심긴 것은 아니고 뉘어졌다. 집사님은 파들이 1주일쯤 지나면 제 힘으로 일어설 것이라며 파 잘라 먹지 말고(아끼지 말고) 뽑아 먹으라는 당부도 덧붙이셨다. 이파리에는 영양분이 별로 없다며 말만 하면 또 줄 수 있다고도 하셨다.

허리 반듯이 세우고 긴 팔과 긴 다리를 저어 자전거를 굴려가는 집사님을 손 흔들어 배웅하고 집 입구를 터덜터덜 들어와 마당 텃밭에 섰다. 반쯤 누운 파들이, 제 힘으로 일어날 거라는 파들이, 새삼 대견했다. 속 비워냈음을 칼 끝처럼 꼿꼿한 외양으로 감춘 채 자르면 자르는 대로 이어 자라는 파들이 새삼….

2018. 12. 10

사랑부터

북촌시사 동인들과 함께 봉은사 안에 있는 찻집에서 차를 마실 때였다. 조금 전 경내 관람을 도와준 해설사가 하필 바로 내 옆에 와 앉는 게 아닌가. 정말 재미있는 분이셨다. 아까는 분위기상, 확인할 수 없었던 궁금증이 비눗방울처럼 솟아올랐다.

"저, 질문하고 싶은 게 있는데요. 아까 대웅전 현판 글씨를 설명하면서 원래는 대웅보전이어야 하는데 다산의 필체를 사용하느라 대웅전이 되었다고 하셨잖아요. 그럼 아까의 현판 글씨는 다산이 어딘가에 쓴 글씨 중에서 '대' 자, '웅' 자, '전' 자를 따온 거라는 말씀인가요? '보' 자는 어디서도 구할 수가 없었던 것이고?"

"아니에요. 대웅전이라 쓴 현판을 대웅보전으로 바꿔 써야 할 상황에서도 다산의 것을 쓰고 싶어 바꾸지 않고 그대로 쓰고 있다는 말이에요."

"그런 거군요. 한 가지 더 여쭤볼게요. 아까 말씀하기를 이 전각은 기돗발이 엄청 잘 먹히는 곳이라며 다른 전각 등 값이 2만 원이라면 이 전각 등 값은 10만 원한다고 하셨잖아요. 그 이유가 학생의 어려움을 가장 잘 풀어주는 사람이 가까이서 제일 자주 만나는 담임선생님이듯 기도도 우리와 가까운 급 낮은 신이 제일 잘 들어주신다 하면서…. 그래서 생각한 건데요, 기독교는 면죄부 때문에 종교개혁이 일어났는데 불교에서는 혹시 이런 문제로 갈등 같은 것 없었나요? 돈을 내야만 등을 달 수 있다는 것이 걸려서요. 은혜에 끼어든 빈부의 문제랄까."

"아, 아주 오래 전에 대승불교와 소승불교의 분리개념이 생기기는 했지만, 그러고 보니 오해가 있을 수 있겠네요. 확실한 것은 부처님은 '돈'을 언급하신 적이 없다는 거예요. 부처님께 바치는 7가지 공양에도 돈은 없거든요. 부처님이 돈이 왜 필요하겠어요. 이렇게 이해하면 어떨까요? 헌금된 돈이 필요한 곳에 옳게, 좋게 두루두루 쓰임으로 선을 이루면 그것으로 자비를 이루는 것이라고요."

"그러네요. 기독교의 하나님도 딱히 돈이 필요하지는 않으셨지요. 죄송하지만 한 가지 더 여쭤볼게요. 아까 말씀하실 때 〈신과 함께〉라는 영화에서 염라대왕이 심판을 내리는 7번째 신으로 그려졌는데 사실, 염라대왕은 5번째 신이라고 하셨잖아요. 사람들이 염라대왕을 무서워하는 것이 심판을 내려서가 아니라 '검사'직을 맡아서라고 하시면서요. 그러면 세 신은 무슨 역할을 하나요? 8번째 9번째 10번째 신이요. 이미 심판도 끝났겠다, 다른 할 일이 뭐가 있는지 궁금해서요."

"아, 아까는 너무 춥고 시간도 없고 해서 설명을 못했는데 8번째 신은 사람이 죽은 후 30일 동안 지켜보는 신이에요. 혹시 판결이 잘못 되었을까봐 살펴보는 거지요. 신도 실수할 수 있으니까요. 9번째 신은 100일 동안 지켜봐요. 10번째 신은 1년 동안. 우리 사법제도는 3번 심판하는데 4번이나 다시 살펴보는 거지요. 엄청 민주적이지요?"

"네…???"

어려서부터 기독교 안에서 자라 다른 종교를 알지 못한다. 오늘, 신적이기보다는 인간적인 불교식 심판제도(어쩌면 도교식일지도)의 일면을 배우며 재미있었다. 사랑이야말로 모든 종교가 공통적으로 요구하는 구원의 조건임을 재확인할 때는 괜시리 마음이 벅차 올랐다.

2018. 12. 23

화이트 크리스마스 아니, 화이트 나이트

막 집에 들어왔다. 평소 2시에 드리던 2부 예배를 4시로 옮겨 성탄 축하예배로 드리고 치킨과 피자로 축하파티까지 하고 나니 이 시간이 되었다. 준비물로 교회에 가져갔던 물건들을 제자리에 돌려놓고 일단 소파에 눕는다. 아버님과 식당에 가기로 한 7시까지는 빈들거려볼 참이다.

오늘 모두들 정말 잘했다. 나도 참 잘했다. 행사를 위해 많은 사람이 애썼는데 그보다 더 많은 사람이 행복해했으니 성공한 행사였지 싶다. 특히 성극 출연자들은 수고가 많았다. 나는 기껏, 만들어준 대본대로 해설 부분을 낭독하고 연극 배경 3장 그리는 것이 전부였지만 연기를 맡은 분들은 대사 외우기부터 동작 맞추기까지 오늘의 명연기를 위해 수없이 연습을 했어야 했다.

특히, 성극을 감독한 나 집사님은 1인 몇 역을 한 건지 모르겠다. 연기지도와 비품준비는 물론 의상(놀부 부인 지원이의 한복)까지 직접 만들었다. 그뿐이랴, 점심과 저녁파티용 음식도 집사님의 지휘 아래 마련됐다. 내가 무대그림 그릴 때도 집으로 와 도와줬고….

어느새 밖이 어둡다. 일어나 밖을 내다본다. 하늘에는 둥근 달이 휘영청 떠 있고 마당의 나무들이 달빛 속에서 넘어질듯 휘청댄다. 하루 종일 불던 바람이 저녁이 되면서 더욱 심해진 걸까?

새삼, 크리스마스가 낯설게 느껴진다. 오후 내내 성탄절 행사로 분주해놓고 말이다. 신앙이, 마음이 무뎌진 걸까? 아니면, 내 어릴적 얼굴처럼 휘영청 둥근 달과 바다 쪽에서 달려오는 급한 바람이 아기 예수의 탄생과는 영 다른 분위기를 만들고 있어서일까?

밥 먹으러 가자는 경현의 말에 벌떡 일어나 아버님과 함께 집을 나선다. 오늘의 메뉴는 연탄불에 굽는 흑돼지·통새우구이다. 달빛을 받으며 길 건너 식당을 향해 간다. 바람이 무척 세다. 머리카락은 얼굴을 마구 때리고 걸음은 절로 비틀거린다. 다행히 춥지는 않다. 교회를 지나 길 건너 바닷길로 들어서면서 거센 물결에 놀란다. 하얗게 하얗게 줄지어 밀려오는 파도가 너무 높고 빠르다.

말없이, 하얀 달빛을 받아 더욱 하얗게 부서지는 흰 파도를 따라 걸으며 집요하게 크리스마스를 생각한다. 아! 어쩌면 내일 밤은 크리스마스 분위기를 만끽해볼 수도 있겠다. 도시에서는 진즉에 없어진 새벽송을 이곳에서는 성가대와 청년부가 주축이 되어 하고 있다지 않은가. 밤 11시에 모여 시작한다는 새벽송에 직접 참여할 자신은 없지만 내 기필코 깨어 있다 크리스마스 축하 찬양을 기쁘게 환대하리라.

바닷바람에 헝클어진 머리칼을 매만지며 드르륵 별별 구이집 바다를 본 돼지의 문을 연다. 그런데 바다를 봤다고, 돼지가? 왜? 어떻게? 바다를 본 돼지는 맛이 좋아지나?

자문자답마저 크리스마스와는 도무지 어울리지 않는, 달빛과 바람과 파도에 머릿속까지 하얘진 2018년의 화이트 나이트다.

2018. 12. 29

소네치카, 류드밀라 울리츠카야

도서 반납일을 수요일로 바꾸면서 반가운 일이 자꾸 생긴다. 점심식사 후 2시 넘어 도서관에 가면 반납대에 내 취향의 책들이 꽂혀 있다. 그날도 그랬다. 러시아 작가 류드밀라 울리츠카야의 『소네치카』(박종소, 최종술 역, 비채, 2012)가 나를 기다리고 있었다. 『소네치카』를 처음 안 것은 팟캐스트를 통해서였다. 일부를 읽어준 것이었지만 문체가 특이하고 진행이 흥미로워 나중에 서점에 가면 꼭 사보리라 마음먹었었는데 잊어버리고 있었다. 『소네치카』는 이렇게 시작한다.

소네치카는 일곱 살 때부터 스물일곱 살 때까지 꼬박 이십 년 동안을 쉼 없이 읽고 또 읽었다. 마치 기절이라도 한 것처럼 책을 읽다가 마지막 책장을 넘길 때가 되어서야 제정신으로 돌아왔다.

소설을 읽는 내내 좋았다. 특히 소네치카가, 딸의 친구 야샤가 남편의 애인(예술적 뮤즈)이 되었음을 눈치채는 부분에서는 가슴이 먹먹해질 정도로 감동받았다.

집으로 돌아오는 10분 동안 소네치카는 행복했던 17년간의 결혼 생활이 모두 끝났다는 것, 그리고 그녀에게는 아무것도 남지 않았다는 것을 깨달았다. 로베르트 빅토르비치도 그녀의 것이 아니었다. 하긴 그 사람이 언제 다른 사람에게 속했던 적이 있었던가? (중략)

귓전에 울리는 투명한 종소리와 함께 그녀는 완전히 텅 비어 몸이 붕 뜬 듯한 상태로 집에 돌아왔다. 그녀는 책장으로 다가와 선반에서 아무 책이나 잡히는 대로 골라 중간쯤을 펼치고 누웠다. 「귀족 아가씨-농사꾼 처녀」였다. 마침 리자는 귀까지 새하얗게 분칠을 하고, 눈 화장은 미스 잭슨보다 더 새까맣게 하고는 점심을 먹으러 갔다. 알렉세이 베레스토프는 넋이 나간 듯 생각에 잠겨 있

는 역할을 하고 있었다. 그러자 이 페이지들 속에 있는 단어의 완벽함과 구현되어 있는 고상함으로부터 오는 조용한 행복이 소냐를 비추었다.

얼마 전 글사모 멤버들과 나누던 대화가 생각난다. 창비 청소년문학 장편에 당선된 희영 씨를 축하하는 자리였다. 김 샘이 희영 씨를 향해 말했다, 오래 쓰려면 글 속에 매몰되지 말고 실제 생활에서도 즐거움을 찾아야 한다고. 하루키가 마라톤을 하고 요리를 하고 음악을 듣는 것처럼.

"네, 그래야 할 것 같아요. 하지만…. 제가 만든 언어의 세상 속에서 제가 만든 인물이 되어 말하고 행동하고 생각하는 것이 저는 너무 좋아요. 그냥 그 세상에서 살고 싶어 밖으로 나오기가 쉽지 않을 정도에요. 누가 그러더라고요. 자기도 작가가 되고 싶다고. 제가 그 사람에게 말했어요. 아예 시작도 하지 말라고요. 생활이 망가질 거라고요."

수필을 쓰는 너무도 현실적인 인간, 내게도 글과 함께 하는 즐거움은 많이 크다. 하지만 오늘, 그와는 조금 다른 새삼스런 다짐이 움튼다. 책벌레 소네치카가 그랬듯, 모든 것을 잃은 듯한 절망감이 찾아올 때 책을 의지하는 사람이 되자는 그런…. 위기의 때 '단어의 완벽함과 구현되어 있는 고상함'으로부터 오는 조용한 행복의 빛으로 스스로를 치료하는 사람이 되자는, 내가 받은 상처보다 더 큰 상처로 상대를 해치는 짓 하지 말고….

2018. 12. 31

나 너무 좋은 사람이 되는 건 아닌지

가로등이 동그랗게 빛을 뿌린다. 그 빛에 공터의 풀들이 하얗게 흔들리고 있다. 평소보다 일찍 일어나 한해를 돌아보며 차를 끓인다. 2018년의 마지막 날이지 않은가. 1월에는 제주 판포로 이사 왔고 2월에는 아버지가 돌아가셨고….

올해는 섬 생활(단독주택 관리)에 적응하는 한해였다. 이웃도 사귀고 텃밭도 가꾸면서. 미술공모전에 참가해 특선을 받았고 해피가 하늘나라에 갔다! 그림일기도 시작했다.

그림일기…. 내년엔 어떻게 해야 할지 모르겠다. 작으나마 그림도 그리고 간단하나마 글도 쓰려니 시간과 품이 제법 들어서다. 그림일기에 쓰는 시간만큼 다른 것을 하지 못하는 것도 문제다. 일테면 큰 그림을 그린다거나 책을 좀 더 읽는 것 같은.

그래, 내년에도 하는 거다. 처음 시작할 때 마음먹은 대로 2년은 해보는 거다. 덕분에 에피소드도 제법 모였고 그림 연습은 당연히 됐을 테고 글에도 조금은 도움이 되지 않았을까?

어제 예배시간에 목사님이 지난 1년 감사했던 일과 앞으로 올 1년에 이루고 싶은 일을 적어보라고 하셨던 일이 생각난다. 내 일, 내 가족에서 벗어난 기도 제목도 정해보라 하셨다. 목사님 말씀처럼 하자니 번거롭고 그냥 누군가의 권유대로 '기꺼이 해야 할 일과 기꺼이 하지 말아야 할 일' 정도로 정리해본다.

우선 2019년에 기꺼이 해야 할 일은,

① 원고청탁을 받으면 기쁘게 응하자(그나마도 떨어져 나갈라).

② 그림을 좀 더 열심히 그리자(혹시 모를 전시를 생각하며)

③ 1주일에 3만보 걷기를 목표로 될 수 있으면 자주 걷자.

④ 찬송가 반주를 배우고 익히자(시골 교회라 반주자가 너무

귀해서다. 주일예배는 어렵겠지만 6개월 연습하면 수요예배 반주 대타는 가능하지 않을까?)

⑤ 이웃을 더 돌아보자. 가장 가까운 이웃 그러니까 가족(특히 경현)부터 좀더 친절하고 다정하게 챙기는 거다.

그리고 2019년에 기꺼이 하지 말아야 할 일은,

① (말에서나 글에서나) 신랄한 표현을 쓰지 말자.

② 밖에 나가기 싫다(혹은, 귀찮다)는 생각을 떨쳐버리자.

③ 사람(특히 경현)을 판단하거나 정죄하지 말자(마음속으로도).

쓰고 보니 제법 괜찮다. 이것만 잘 지켜도 좋은 사람이 되겠다. 그런데 이상하다. 내 마음 밑바닥에 경현을 향한 미인함 같은 게 고여 있나? 왜 아래 위의 다짐 모두에 경현이 언급될까. 그럴 리는 없는데….

3부

2019. 1. 2

모든 꽃은 젊다, 이재무

신문을 정리하다 시 한 편을 발견한다. 「모든 꽃은 젊다」는 제목 밑에 '58년 개띠를 위하여'라는 부제가 붙은 이재무 시인의 시다. 시를 읽어 내린다. '나무가 피우는 꽃은 모두가 젊다'는 구절에서 눈이 활짝 뜨인다. '고목이 피운 꽃으로도 벌과 나비가 날아든다'는 구절에서는 눈이 더 크게 뜨이며 입가에 미소까지 달린다.

시인이 말하는 고목(은퇴자에 은유된)이 피우는 꽃은 무엇을 말하는 걸까? 죽을 때까지 생식을 하는 다른 생물들과 달리 사람은 일찍 후손 낳기를 그만두지 않던가. 또 후손은 보통 꽃이 아닌 열매로 말하여지곤 하지 않던가.

외국에서는 60세 이후를 '그레이 르네상스'라 부르며 문화소비의 주역으로 꼽는다고 한다. 그런 의미에서 고목이 피우는 꽃은 문화일지 모르겠다, 어쩌면 예술일지도. 그렇다면 기왕 은퇴자들도 문화소비의 주역에 만족할 게 아니라 문화창조에까지 적극 나아가야하는 것 아닐까?

사무실에서 일하고 있을(어쩌면 강의하고 있을지도 모르겠다) 오빠를 떠올린다. 개성 강한 여자들(엄마와 아내와 누나와 두 여동생) 틈에서, 유하고 순종적인(?) 아빠의 유전자를 이어받아 외유내강의 오랜 세월을 살아온 58년 개띠 오빠. 어려서는 안 해본 것이 없다. 시를 써서 신춘문예에 내보기도 하고 일러스트로 공모전에 참가하기도 하고 태권도와 테니스 등 운동도 열심히 하고 기타도 꽤나 잘 쳤었다.

오빠의 유쾌 잡다한 문화생활은 20대 취직을 하면서 한 풀 꺾였지만, 아프리카 라이베리아 현장에서 일할 때만 해도 휴가로 잠깐 집에 올 때면 이민가방이 넘치도록 예술품(수공예품)을 사오곤 했다. 나무를 깎아 만든 아프리카 토속인형과 말린 나비의 날개로 그린 그림은 지금도 좋은 상태로 남아 있다. 개인사업을 하고 있는 이즈음도 어릴 적 시도들을 다시금 살려내려 애쓰는 것 같던데, 사진과 커피에 빠져서….

휴우, 오빠여,

나무가 피우는 꽃은 모두 젊다고 하네요. 고목이 피우는 꽃으로도 벌과 나비가 날아든다고 하네요. 그러니까 오빠와 내가 하는 '쓸데없는 짓'들에도 그 어여쁜 것들이 찾아오겠지요?!

그런데 오빠, 나무가 피우는 꽃은 모두 젊기도 하지만 더 직관적인 것은 아름답다는 것 아닐는지요. 오빠와 내가 피워야 할 꽃은 나이를 초월한 향기어린 생활인지도 모르겠어요. 유연하고 친절한 인격인지도.

2019. 1. 14

니미, 미세먼지

편안해진 엄마의 표정을 보며 고마움에 내가 간병사에게 말했다.

"저, 네댓 시간 엄마랑 있을 수 있어요. 혹시 바깥 일 보실 거 있으면 보고 오셔도 돼요."

간병사의 얼굴이 화들짝 밝아졌다. 중국에 있는 며느리에게 송

금할 일이 있는데 나간 김에 아들도 만나보고 싶다고 했다. 그러시라고 했다. 당장 간병사가 겉옷을 챙겨 입기 시작했다. 동시에 엄마의 얼굴에 초조한 기색이 일어났다.

간병사가 병실을 나가면서 엄마의 본격적인 불안이 시작됐다. 간병사가 언제 오는지 내게 묻고 묻고 또 묻는 증상으로였다. 손톱과 발톱을 깎아드리고 기저귀를 갈아드리고 오빠가 일전에 형제 카톡방에 올렸던 동영상도 보여드리고 팔다리도 주물러드리고 하는데도 계속 간병사를 찾았다. 여사님을 왜 찾는 거냐며 불편한 거 있으면 나한테 말하라고 해도 그런 거 아니라고 하면서였다. 내가 엄마에게 물었다.

"엄마, 여사님이 그렇게도 계속 보고 싶어?"

"응, 보고 싶어요."

엄마의 표정이 완전히 아기였다.

"엄마, 아기가 됐네. 여사님이 엄마의 엄마가 됐어."

"할머니가 간병사 안 보이면 계속 찾아요. 화장실 갔다고 해도 '아줌마, 아줌마' 하면서 계속 부르신다니까요. 참! 할머니, 욕 걸지게 하시던데요. 간호부장이 와서 간병사한테 뭐라뭐라 잔소리 했더니 할머니가 간호부장한테 니미××라고 하면서. 간호부장이 놀라서 그러면 안 된다고 사과하라고 해도 모르는 척 대답도 안 하시구요. 더 웃긴 건, 간호부장이 병실 문을 여는데 뒤통수에다 대고 또 니미××라고 하신 거예요."

옆 침대의 간병사였다. 머쓱해진 내가 이상하다며, 우리 엄마

욕 잘 안 하시는데 하며 말끝을 흐리자 며느님도 똑같이 말했다며 간병사는 하하하 호탕하게 웃었다.

둘의 대화를 듣던 엄마가 별 쓸데없는 소리한다는 듯 하품을 길게 했다. 입을 조그맣게 벌렸다 닫았다 하며 무척이나 우아한 태도였다. 팔도 제 맘대로 못 올리는 사람이 쌍욕을 할 때는 언제고 싶어 엄마의 가슴을 문지르며 내가 물었다.

"엄마, 욕했어? 욕했더니 여기가 시원했어? 기분이 좋았어?"

엄마가 그랬다는 듯, 시원했다는 듯 고개를 끄덕였다. 간호부장께는 미안하지만 웃음이 나왔다. '더 웃긴 건' 하고 말을 덧붙이던 옆 간병사의 얼굴에도 미소가 번지고 있었다.

뭐시라 뭐시라고?! 방금 나온 방송, 탑승이 또 1시간이나 지연된다는? 어제 일을 떠올리며 헤벌쩍 웃고 있을 때가 아닌 것 같다. 무슨 놈의 미세먼지가 비행기까지 막아선단 말인가. 정말이지 니…미…, 미세먼지다.

그런데 이상하다. 왜 나는 욕을 했는데 시원하지도 상쾌하지도 않은 걸까. 역시 니미의 욕맛은 뒤에 ××가 따라붙어야 제대로 음미되는가 보다.

2019. 1. 18

창어 4호 그리고 태몽

중국의 무인 달탐사선 창어嫦娥4호가 지난 3일 인류 역사 처음으로 달 뒷면에 착륙했다는 뉴스를 듣는다. 야심차게 계획했던 생육시험은 실패했다는, 그러니까 어제인가, 발아에 성공한 감자 씨(면화 씨였는지도 모르겠다)가 오늘 결국 최저 -170°C 극한의 밤을 이기지 못하고 죽었다는 소식과 함께다.

달을 태몽으로 갖고 있는 나로서는 달이랄까, 항아(창어의 우리식 발음)랄까, 옥토끼랄까, 달과 관련된 것들에 애정이 많다. 언젠가 수필에 내 태몽을 살짝 써먹은 적도 있다.

생각난 김에 찾아본다. 2012년 발표한 「장마」(『엄마의 날개옷』, 에세이스트)라는 글이다. 비 속, 어린 나무에 붙어 혼자 울고 있는 매미를 보며(매미에 나를 빗대) 쓴 제법 긴 글이다. 그 중 태몽 부분을 읽어본다.

"내가 정말 훌륭하게 될 인물을 낳고 싶었거든. 그때는 엄마가 교회를 다니지 않던 때였잖니. 틈만 나면 절에 가서 빌고 또 빌었어. 귀한 아들을 부디 이 태중에 내려주십사고 말이야. 너도 알다시피 엄마가 신심 하나만은 특별하잖니. 갖은 정성을 다했어. 그러다 엄마가 꿈을 꿨단다. 꿈속에서 엄마가 손바닥에 놓인 실뭉치를 들여다보고 있는 거야. 그 새하얀 실뭉치를 손끝에 올려놓고 조심스럽게 불어봤지. 어라, 실 끝이 하늘을 향하여 뻗더니 하늘로 올라가는 게 아니겠어! 더 신기한 것은 하늘 위로 올라간 실뭉치가 반달로 변하는 거야. 은빛으로 반짝이는 반달로 말이야."

엄마는 가슴 부푼 기대 속에서 열 달을 보냈다고 한다. 그런데 아기를 낳고 보니 아들이 아니고 딸이었다나, 그것도 아주 못생긴. 보름달이어야 했는데 반달이었던 것이 문제였다며 엄마는 지금도 혀를 차곤 한다.

엄마는 실망을 했다지만 나는 그런 예쁜 꿈을 꾸고 나를 낳아준

엄마가 고맙다. 엄마의 그 꿈이 종종 내게 위안이 되기 때문이다. 반달 태몽 따위가 어찌 미래를 열어줄 수 있으랴만 스스로에게 실망하거나 암담한 현실에 위축될 때 나는 밤하늘에 둥실 떠 있는 은빛 반달을 떠올린다. 제 몸을 기울여 은가루를 쏟아내는 아름다운 반달을. 그러면 낙망으로 캄캄해진 마음이 조금 밝아진다. 지금은 이렇지만 곧 괜찮아질 것 같은 생각이 든다.

어리보기 이 매미도 그렇지 싶다. 스스로 몸을 갈라 자신을 낳으면서 녀석은 어떤 태몽을 꾸었을까. 그것은 날개에 대한 아니, 비상과 음악과 사랑이 어우러져 펼쳐지는 아름다운 드라마가 아니었을까. 오랜 기다림의 시간을 통해 점점 더 선명하고 단단해졌을 녀석의 꿈을 상상해본다. 너무도 고와 쉽게 포기할 수 없는, 그래서 이 빗속에서도 외로운 연주를 멈추지 않게 하는.

2012년의 내가 까마득하다. 한때는 엄마도, 하늘을 바라보고 달빛에 젖어드는 싱싱한 사람이었구나 싶어 마음이 짠하다. 오늘도 혼자일 달의 여신 항아를 생각하며 클로드 드뷔시의 피아노곡 〈달빛〉을 유튜브로 찾아 조성진의 연주로 듣는다. 항아의 외로움을 달래주는 유일한 친구 옥토끼의 방아소리를 '달빛'으로 감상한다.

2019. 1. 26

돼지에 대한 오해

토요일자 신문을 읽고 있다. Books 코너에 실린 리골드먼의 『진화의 배신』이 홍미를 끈다. 인류를 지켜온 유전자의 배신이 비만과 우울증을 낳는단다. 선사시대에 인류의 생존을 위협했던 굶주림, 탈수, 폭력, 출혈로부터 목숨을 보전하도록(인체 스스로) 진화한 장치들이(앞의 네 가지 위협으로부터) 안전해진 현대인들에게도 과도하게 작용함으로써 오히려 생명을 위협하는 독毒이 되었다고. 예를 들면 현대인의 비만은 굶주림에 대비하기 위해 지방을 축적하던 습관에서 왔고, 고혈압은 탈수를 막기 위해 만성적으로 많은 양의 나트륨을 섭취하던 구석기시대의 유전형질에서 왔다고 한다. 과다출혈의 방어를 위해 유전자에 새겨진 혈액응고 시스템은 심장마비나 뇌졸중 등에 기능하고 있다 하고….

기사에 사진이 한 장 딸려 있다. 가방을 사이에 두고 앉아 있는 두 여성의 뒷모습 사진이다. 그 중 한 명은 바지가 밑으로 당겨지고 윗옷이 위로 끌어올려져 속에 입은 팬티(살도 조금)가 드러나 있다. 앓고 있는 병, 비만(2013년 미국의사협회는 공식적으로 비만을 질병으로 규정했다) 때문이리라. 사진을 보는 순간 귀여운(웃고 있는) 돼지의 모습이 머릿속을 지나간다. 동시에 일전에 읽은 '돼지에 대한 오해'라는 기사도 머릿속에 떠오른다. 지금 생각나는 것은 세 가지 정도다.

첫째, 돼지는 많이 먹지 않는다고 한다. 양돈 농가에서 마음껏 먹을 수 있도록 사료를 무제한 줘도 스스로 적정량(내가 듣는 팟캐스트 진행자는 돼지가 위의 30%는 늘 비워둔다고 했다)만 먹는다고 한다. 둘째, 돼지는 더럽지 않다고 한다. 가르치지 않아도 잠자리와 배변자리를 가릴 줄 안다고 한다. 셋째, 돼지는 멍청하지도 않단다. 지능지수는 75~80 정도로 개(60)보다 높고 후각도 땅에 묻힌 송로버섯을 찾는 데 동원될 정도로 개보다 좋다고 한다.

아! 체지방지수도 15%로 인간 여성 평균보다 낮다고 했다. 뚱뚱해보이는 것은 다리가 짧아서 그리 보이는 것뿐이라고.

인간은 정말이지 제멋대로다. 주어진 삶을 충직히 살고 있을 뿐인 동물들을 코가 크다고 다리가 짧다고 눈이 작다고 자기 맘대로 이름 짓고 자기 편하게 판단한다. 심지어 주변사람을 놀리고 비아냥댈 때, 다투고 싸울 때 아무 상관도 없는 그들을 끌어들여 악의적으로 빗대기까지 한다. 동물들이 들으면 웃기지도 않다 하겠다. 빗대진 사람 편에서도 당연히 기분 나쁘다. 어디 내 삶이라고 내가 마음먹은 대로 굴러가고 어디 내 외모가 원하는 대로 만들어지던가. 그러고 보니 각 동물의 좋은 점만을 뽑아 갖춘 듯한 사람이 있는가 하면 각 동물의 나쁜 점만을 골라 가진 듯한 사람도 있다.

불쑥, 엄숙해진다. 나란 인간, 어떤 동물과 닮아 있는가 싶어서다.

2019. 1. 3

봄날은 간다

오후에 침대에 누워 영화 〈봄날은 간다〉를 봤다. 아침에 『미움 받을 용기』를 쓴 철학자 기시미 이치로의 인터뷰 기사를 신문에서 읽었는데 거기서 그가 〈봄날은 간다〉를 언급한 때문이다. 좀 더 자세히 말하면 철학자가 한국영화 16편의 주인공들을 만나 상담해주는 내용의 책을 쓰고 있는데 그 중 '사랑'을 위해 그가 선택한 영화가 〈봄날〉이다. 그러니까 '어떻게 사랑이 변하니?'라고 묻는 상우에게 (은수는 아무 말하지 않았지만) 철학자는 사랑에 '왜'라는 건 없다고, 사랑은 변하는 거라고 조언하는 것으로…. 그의 말을 옮기면 이렇다.

"이 세상에 내 기대를 충족하는 사람은 없다는 걸 아는 게 바로 사랑이에요. 내가 상대를 사랑한다고 해서 상대에게도 같은 걸 바라서는 안 됩니다. 그러나 상우는 떠나려는 은수를 받아들이려하지 않지요."

오늘의 〈봄날〉은 참 새로웠다. 주인공 두 사람의 봄날(사랑)에 내가 내 봄날(사랑)을 포개보는 게 아니라 아들들의 것을 포개고 있었다. 정작 내 자신은 주인공 주변인에 겹쳐졌는데 그럼에도 '여자 친구가 있으면 데리고 오라'는 상우 아버지나 '언제까지 내가 너희 집 살림을 해야겠니'라는 상우 고모의 대사는 부적절하게 느껴져 불편했다. 은수가 상우와의 연애를 끝내기로 결정한 것이 사랑하지 않아서가 아니라 그런 가부장적 가치관에 붙들린 결혼생활을 감당할 자신이 없어서는 아니었을까 의심할 정도로. 이혼 경험과 방송 진행자로서의 직업을 갖고 있는 은수이기 때문이었다.

그냥, 사랑만 하면 안 되는 건지 모르겠다. 위기로도 느껴지는 구체적인 생활이나 삶에 대한 희망 같은 것은 접어두고.

이런! 내가 한 입으로 두 말을 하고 있다! 두 아들을 위해 '지혜롭고 예쁘고 건강한, 동시에 마음씨 착하고 사랑스런 여인을 만나 건강하고 행복한 가정을 이루는 복을 주십사' 매일 기도하는 내가 모르쇠 딴청을 부리고 있다!

머리를 흔들며 자리에서 일어난다. 어느새 저녁 준비를 해야 할 시간, 구체적 생활의 시간이 당도했다. 부엌으로 내려가며, 사랑하는 관계에서 가장 중요한 것은 상대를 '내가 오늘 처음 만난 사람이다'라고 생각하는 것이라던 기시미 이치로의 말을 떠올린다. 앞치마를 걸치며, 내일 당장 어떤 일이 벌어질지 모르니 '다음'이라는 찬스에 기대지 말고 지금 여기의 사랑에 충실하라고 한, 그의 말을 되새긴다.

그런데 오늘 뭘 해먹여야 할지 모르겠다, 오늘 처음 만난 두 남자에게.

2019. 2. 8

내 맘대로 여행

부산이다. 비즈니스호텔로 분류되는 토요코인의 프론트에서 부산역행 셔틀버스를 기다리고 있다. 지금 나는 내 생애 최초의 '내 맘대로 여행' 중이다. 냉장고에 넣어둔 명절음식을 뒷배 삼아서다.

아이들과 함께 설 떡국을 먹고 났을 때였다. 갑자기 엄마 생각이 났다. 요양병원 침대에 누워 떡국은커녕 입으로는 물 한 모금도 마시지 못하는 엄마가. 동시에 아들들 따라 서울 올라가고 싶다는 생각이 벼락처럼 마음을 쳤다. 아니다! 실은 경현이 미웠다. 그 얼굴이 보고 싶지 않을 정도로.

두 아들의 적극적인 응원을 받으며 급하게 비행기 표를 구했다. 서울에 가서 엄마도 만나고 오빠가족도 만났다. 오빠는 못 오는 줄로만 알았던 내가 온 게 많이 좋았던지 고기집에 데려가 아무리 사양해도 그 음식점 최고가 메뉴로 시켜 먹인 뒤 집까지 데려다줬다. 음모가 꾸며진 것은 그 다음 날이었다. 아니, 아침에 일어나니 벌써 마음속에 작전이 짜여 있었다. 급한 김에 편도 표만 끊어온 게 오히려 기회가 되었다.

결혼 이후 늘 누군가와 함께 있어서일까. 혼자 있고 싶을 때가 있다. 그날도 그랬다. 거짓말로 내 마음을 다치게 한 경현을 곤란하게 하고도 싶었다. 거짓말은 정말 해서는 안 되는 것이지 않은가, 아무리 사소한 것이어도. 그 말을 순순히 믿어주는 선량한 사람으로 하여금 오히려 잘못된 생각과 그릇된 결정을 하게하는….

경현에게 전화했다. 내가 매우 우울해하고 있음을, 일전의 거짓말이 여전히 내 마음을 아프게 하고 있어 이 배반감에서 벗어나려면 혼자만의 시간이 필요함을 알렸다. 경현은 깜짝 놀라 당황해하면서도 무척이나 억울해했다. 모든 것이 내 오해고 자기도 아니, 자기야말로 힘들다고 했다. 그럼에도 어쩔 수 없었던지 주눅이 든 목소리로 그러라고 했다.

'내 맘대로 여행'의 첫 일정은 동생 경원을 만나는 것이었다. 경원과 오랜만에 하릴없이 얘기도 나누고 밥도 사먹고 모교에 가서 영화도 2편이나 봤다. 〈그린 북〉과 〈인생 후르츠〉였다. 둘 다 좋았지만 '오래된 인생일수록 아름답다'는 프랭크 로이드 라이트의 금언이 빛나는 〈인생 후르츠〉는 너무도 감동적이어서 (여주인공 할머니가 자원하듯 받아들인 가부장적 부부 시스템이나 건강한 먹거리에 온 힘을 기울이는 일상은 사양하지만) 하마터면 '내 맘대로 여행'을 즉시 중단할 뻔했다. 내가 마음치료 중임을, 찐달이 경현에게 벌주고 있음을 잠시 잊고 오래된 우정으로 바로 돌아갈 뻔….

그리고 어제, 무궁화호 기차를 타고 느리게 느리게 부산에 왔다. 파닥파닥 빨리빨리를 외쳐대는 경현에게 반발해서는 아니고 굳이 일찍 갈 필요가 없어서였다. 예상과 달랐던 것은 6시간 걸리는 여정 중간중간 노트북으로 글을 좀 써볼까 했었는데 테이블이 없어 그럴 수 없었다는 것. 하지만 너무 졸려 계속 존 탓에 테이블이 있었다 해도 결과는 마찬가지였다.

아! 벌써! 15분. 셔틀버스 타는 시간이다. 그럼, 이어지는 이야기는 다음에….

2019. 2. 9

탈 것의 위로

진눈깨비가 내린다. 어둠 속, 가로등 빛에 비치는 비눈이 아름답다. 정거장 안내판에서 버스 시간을 확인하고 도로 연안여객선 터미널 대합실로 돌아와 대합실 슈퍼에서 커피를 사 마신다.

'내 맘대로 여행' 3일째다. 첫날은 서울에서 동생과 보내고 둘째 날인 그저께 기차로 부산에 왔다. 부산에서는 느지막이 일어나 버스로 시내투어를 했다. 먼저는 빨간 점보버스로, 점심을 먹고는 BUTI 버스로. 먼저 것은 주로 구도심 주변의 자연경관을 둘러보는 코스이고 나중 것은 해운대 주변을 포함해 신시가지로부터 해동용궁사를 둘러보는 코스였다. 관광이 목적이 아니었으므로 환승 필요가 없는 한 버스에서 내리지 않았다.

투어를 마치고 다시 부산역에 도착한 시간은 5시 50분. 생각보다 시간이 늦어졌다. 부랴부랴 빵만 사가지고 택시를 이용해 연안여객선터미널로 갔다. 7시에 제주로 가는 배를 타야 해 갑작스레 마음이 바빴다. 객실은 3등실을 골랐다. 다른 사람과 함께 자야 하는데 특실이 아니고서는 공간이 좁아 오히려 답답할 것 같았고 또 동숙자가 어떤 사람인지 모르는 상황에서는 한두 사람보다는 여러 사람이 안전하지 싶었다.

목소리 큰 아줌마 둘 덕분에(두 사람은 서로 눈 뜰 때마다 아무렇지 않게 상대방에게 말을 한다) 여러 번 꿈에서 불려나왔지만 이어폰이 있어 생각보다는 잘 잤다. 하기는 자기 전 제주 가는 배를 탔다고 해 경현을 깜짝 놀라게 했으니(그도 편안히 자지는 못했으리라) 그 정도의 불편은 감수해야 하는 건지도 몰랐다.

이번 '내 맘대로 여행'은 가히 탈 것 여행이었다. 바깥 활동은 거의 없이 주로 뭔가(느린 기차와 뱅뱅 도는 버스와 밤새 가는 배)에 몸을 싣고 머리와 눈만 조용히 분주했다. 어쨌든 마음이 편안해졌다. 내가 너무 예민했던 것도 같고 지나치게 엄격했던 것도 같다. 문득문득 혼자이고 싶은, 그 대책없는 로망까지 푼 느낌….

탈 것에는 위로가 있는 것 아닐까, 막연한 생각을 해본다. 뭔가에 몸을 실은 채 흔들리며 요람에 누운 아기처럼, 엄마 뱃속의 태아처럼, 서서히 바뀌는 풍경을 수동적으로 바라보는, 그렇게 시간과 마음을 흘려보내며 잔잔히 새 마음을 만들어가는 그런….

빛 속의 비눈이 참 아름답다. 종이컵을 휴지통에 넣고 버스 정류소를 향해 걸으며 프랭크 라이트의 '오래된 인생일수록 아름답다'는 말을 새삼스레 떠올린다. 경현과 나, 만난 지 몇 년이나 된 걸까, 혹시 48년?

불쑥, 경현이 그립다. 만나면 안아주리라. 남편이 아닌 오래된 벗으로서.

2019. 2. 11

와리스 디리, stay positive

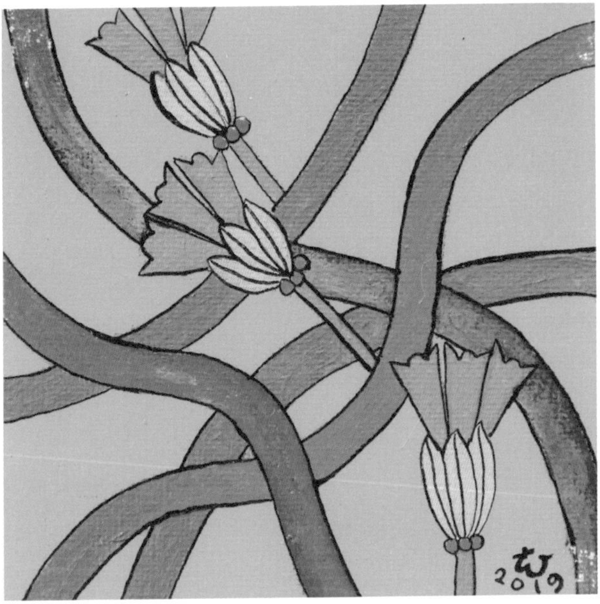

좋은 아침이다. 일상으로 돌아와 평온한 시간을 흘려보내고 있다. 소파 팔걸이에 올려놓은 신문뭉치를 집어들고 거실 바닥에 앉는다. 집을 비운 사이 경현이 챙겨놓은 지난 주 신문까지 읽을거리가 두둑하다.

'맞을 짓' '사랑의 매'란 말로 폭력을 합리화하는 사람들에게조차 폭력의 이유가 '화가 나서'일 때가 많다. 평화학 연구자 정희진은 폭력의 이유를, '때릴 수 있으니까 때리는 것뿐'이라고 분석한다. 우리는 이 말을 아프게 되새겨야 한다.

〈백영옥의 말과 글〉이라는 칼럼을 읽다 마음이 찔린다. 지난주 경현을 힘들게 했는데, 그 이유가 단순히 내가 '화가 나서'였다면, 경현이 내가 '때릴 수 있는' 순한 상대여서였다면, 그에게 얼마나 미안하고 부끄러운 일인가. 머리를 흔들며 석연치 않은 마음으로 신문을 넘긴다.

와! 와리스 디리!

와리스 디리가, 지금까지 해온 인권운동으로 선학평화상 수상자로 선정됐고 그것을 위해 내한한다는 기사다. 언젠가 그녀의 영화 〈사막의 꽃〉을 본 적이 있다. 그렇게 아름다운 여인이 어린 나이에 (5살이었다) 끔찍한 여성 할례를 받고 어린 나이에(13살이었지 싶다) 할아버지뻘 남성에게 팔리고 그런 결혼을 참을 수 없어 도망치고…. 물 설고 땅 설은 나라에서 홀로 살아내기 위해 별별 일을 다 하다 심지어 위장결혼까지도 해야 했던 그녀에 대한 영화였다.

"stay positive"

"부정적인 사람들은 인생에서 하등 중요하지 않은 가십에만 빠져들며 자신을 갉아 먹지요."

와리스 디리의 말에 다시 한번 마음이 찔린다. 내 자신을 positive한 사람이라 생각해왔는데 새삼 아닌 것도 같다. 지난 주 경현과의 일만 해도 와리스 디리라면 어땠을까. 와리스 디리를 떠올릴 필요도 없다. 경현과 함께 헤쳐온 그 많은 시간들과 또 각각 맞이할 대단원을 생각해보라.

아니지! stay positive!

일단 내 행동이 경현의 잘못에 비해 과했음을 인정하자. 동시에, 어쩌다 한번 스스로 허락한 선물(일탈)에 어기대며 내가 내 자신을 '화가 나서' '때릴수 있으니까' 때리는 짓도 멈추는 거다. 하등 중요하지 않은 일로 속을 끓이고 쓸데없는 일로 자신을 갉아먹으면서도 사람은 발전하지 않던가. 중요한 것은 그럼에도 불구하고 stay positive이다!

2019. 2. 26

제주올레 7코스 그리고 구럼비

9시에 집을 떠나 제주올레여행자센터에 도착한 것은 10시. 안내인의 설명에 따라 파란 올레패스포트를 산 뒤, 출발 스탬프를 찍고 길을 나섰다. 올레 각 코스마다 시작, 중간, 종점에서 스탬프를 찍게 되어 있는데 모든 코스의 스탬프를 찍어 사무국에 가져오면 완주증과 완주 메달을 발급해준다고 해서였다.

제주살이 1년 만에 첫 도전한 올레는 공식거리 17.6㎞의 7코스, 서귀포~월평 올레였다.

제일 먼저 닿은 곳은 작가의 산책길. 산책로를 따라 커다란 돌에 새겨진 시를 읽으며 걸었다. 특히 이생진의 「그리운 바다, 성산포」와 박목월의 「밤구름」은 너무 좋아 선 채 몇 번을 거듭 읽었다. 그 다음 걷고 걸어 닿은 곳은 경현이 좋아하는 동너분덕. 바위에 앉아 집에서 준비해간 콜라비도 먹고 65계단을 내려가 선녀탕도 구경하고 외돌개를 배경으로 사진도 찍었다. 그리고 다시 걸어 아름다운 돔베낭골을 지나 내 언젠가 이곳(캠핑카)에서 묵어보리라 결심케 한 서건도(썩은 섬)를 지나 법환포구와 강정마을을 지나 월평포구까지 걷고 걸었다. 중간 중간 점심도 사먹고 카페에서 커피도 사마시면서.

그런데 이상하다. 일기를 쓰는 지금, 내 머릿속에는 왜 아름다운 자연풍광이 아닌, 강정마을의 천막지붕이 가득한 걸까? 해군기지 반대 슬로건과 함께 있던, 색색의 굵은 털실로 짜 이어붙인 아름다운 천막지붕이?

사실, 나는 해군기지에 대해 잘 모른다. 내 힘으로 어쩌지 못하는 일이다 싶어 큰 관심을 두지 않은 데다 줏대 없이 귀가 얇아 내 의견을 만들지 못한 때문이다. 그러니 내가 지금 밝은 색조의 사각 모티브들로 덮인 그 어여쁜 지붕(두 부분으로 나뉘어 있었다)을 회상하듯 돌이키는 것은 단순히 예술적 감상에서이리라.

왠지 모를 부끄러운 마음으로 구럼비를 인터넷으로 검색해본다. 현장을 지나며 '어릴 적 놀던 구럼비가 그립다'는 현수막을 얼핏 본 것 같아서다. 결국 알아낸 것은, 구럼비는 까마귀쪽나무의 제주방언으로 ① 나무가 자생했던 길이 1.2㎞ 너비 150m의 거대한 한 덩어리 용암 너럭바위를 구럼비라 말한다는 것 ② 구럼비와 일대 해안이 용천수가 솟아나는 국내 유일의 바위 습지지대로 인정받아 2004년 절대보존지구로 지정된 바 있다는 것.

구럼비를 아쉬워하고 안타까워하는 그들의 마음만큼은 조금 알겠다. 상대적 이유야 충분히 있었겠지만 그렇게나 굉장한 너럭바위가 추억과 함께 깨부숨을 당하지 않았던가.

2019. 2. 27

아카데미 시상식과 그린 북

〈그린 북〉이 작품상, 남우조연상, 각본상을 받았다는 소식이 괜스레 반갑다. 내가 본 영화이기 때문이리라. 〈보헤미안 랩소디〉에서 프레디 머큐리 역을 한 라미 말렉이 남우주연상을 받았다는 소식에 흐뭇해하는 것도 같은 이유일 것이다.

안타깝기도 하다. 두 영화 모두 서울에 갔을 때 본 것이기 때문이다. 예술영화나 독립영화를 좋아하는 나로서는 제주살이가 이런 점에서 아쉽다. 영화관이 가깝지 않아 영화를 보려면 큰 맘 먹어야 하고 상영관이 없어 보고 싶어도 보지 못하는 영화가 종종 있다. 스크린이나 음향시설도 서울과는 다르고.

〈그린 북〉은 1960년대 초 인종차별이 극심했던 미국을 배경으로 이탈리아계 이민자와 흑인 천재 피아니스트 사이의 우정을 그린 작품이다. 너무도 다른 두 사람이 어근버근 서로의 인생에 끼어들면서 두 사람 모두 이전과는 전혀 다른 사람이 되어가는 모습이 감동적이었다.

서울에서 동생과 〈그린 북〉을 보며, '우리가 사는 세상은 서로 주고받는 영향의 총체'라는 말을 떠올리던 기억이 난다. 그 말에 동감한다. 누구를 만나 어떤 영향을 주고받는지는 나와 누군가의 인생을 바꿀 수 있는 무시무시한 문제다. 그러니 나부터 조심해야 한다. 나도 선부른 영향력으로 다른 사람을 바꿔놓을 가능성이 있기 때문이다. 내 자신, 위험한 사람이 되지 않으려면 사람에 대한 이해와 연민과 선량함과 친절이 마음과 태도에 배어 있어야 할 터다. 이웃사랑 말이다.

그러나 말만큼 실천하기 어려운 것이 친절과 사랑이지 않던가. 그게 자신 없어 매일 숨어드는 나다. 사람 옹색하게, 적극적으로 선하고 긍정적인 영향력을 끼칠 생각은 하지 못하고….

오늘 새롭게 다짐해본다, 내 가장 가까운 이웃 경현부터 연민

해보자고, 그렇게 점점 대상을 확대해 나가자고. 그런데 경현이라면…? 남의 편?

내 관심의 경계가 좀처럼 확장되어지지 않는 이유를 이제야 알겠다. 목표를 처음부터 너무 세게 잡았다. 당장 목표 변경이다. 그 어렵다는 남의 편 사랑은 마지막으로 미루고 그 다음 최근最近부터 시작하는 거다.

동생과 〈그린 북〉을 보며 떠올리던 게 하나 더 있다. 내 자신을 향한 낯간지러운 덕담(격려)일 수도 있는데….

다리를 부러뜨리기 전 그러니까 지금으로부터 4~5년 전 윤후명 선생님께 소설수업 받을 때 동지들에게 가장 자주 듣던 충고는 하루 빨리 '소녀풍 감상주의'에서 빠져나오라는 거였다. 결국 그게 뭔지 잘 모르겠고 그래서 버리지도 못할 것 같아, 다리골절과 장기입원과 지방기거를 계기로 소설수업을 그만뒀는데 〈그린 북〉이 인기를 얻자 딴 생각이 든다. 내 식의 어이없이 순진한(?) 감상도 나름 설 곳이 있지 않을까 하는…. 아닌가, 이것도?

2019. 3. 8

제주들불축제, 목장길 걷기

'들불, 꿈을 싣고 세계를 밝히다'를 슬로건으로 어제부터 새별오름에서 제22회 제주들불축제가 시작되었다. 작년에는 오름에 불 놓는 그 굉장한 장면을 현장에서 봤는데 올해는 아쉽게도 70주년 행사를 위한 성가연습과 겹쳐버렸다. 해서 오늘, 장덕지 교수님의 설명을 들으며 새별오름과 이달봉을 넘는 〈목장길 걷기 체험행사〉에 참가했다. 현장에서 배운 것을 간단히 정리해본다.

산담은 사방으로 검은 돌이 둘러쳐져 있는 제주의 무덤이다. 돌을 둘러치는 이유는 불(방에)과 소·말 등의 침입을 막기 위해서다. 흥미로운 것은 제주에서는 지관을 통해 무덤자리를 정하는데 지관이 추천하는 곳이 자기 소유의 땅이 아닌 경우가 많아 과거 무덤을 쓸 때는 지주들이 서로서로 너그럽게 용납했다고 한다. 덕분에 무연고 묘지가 많아지는 결과를 만들고 말았지만. 신문神門에 대한 이야기도 흥미로웠다. 제주에서는 묘지를 문인석과 망부석, 동자석 등으로 장식하고, 남자의 경우 왼쪽에 여자의 경우 오른쪽에 신문을 두는데 제삿날 그 문을 꼭 열어놔야 한단다. 그런데 이상했다. 교수님이 설명과 함께 가리킨 산담의 귀퉁이에는 문 모양으로 얹힌 작은 돌 몇 개밖에는 보이는 것이 없었다. 신神이 드나들기엔 작아도 너무 작고 소박해도 너무 소박한 문이었다.

그런데 문을 열어줘야만 들고날 수 있는 신이라면, 진짜… 신 맞나?

바람신 영등할망에 대한 이야기도 재미있었다. 바람의 신 영등할망은 2월 초하루에 와서 15일간 활동하다 나가는 내방신인데 이 기간 영등할망은 소라, 전복, 미역 등 해녀 채취물을 증식시키고 어로 일반까지 보호해줘 제주에서는 마을단위로 영등할망에게 풍신제風神祭를 지낸다고 한다. 말하자면 풍신제인 영등굿은 해녀나 어부를 위한 굿인 셈. 재미있는 것은 영등할매가 딸을 데리고 오면 바람이 살살 부는 맑은 날씨가 계속되고 며느리와 함께 오면 비바람과 함께 꽃샘추위가 닥친다며 교수님이 바람도 없이 포근한 이즘 날씨로 보아 올해는 영등할망이 딸을 데리고 온 것이라고 덧붙이신 것. 참, 내 원 참.

박물관에 가서 꼭 확인해보라고 한 것도 있었다. 태조 이성계의 여덟 마리의 준마 중 위화도 회군할 때 탔던 제주말 응상백이다. 서리가 어린 듯 새하얀 말이라고 하셨다. 말 얘기를 하다 보니, 오름을 내려오다 반질반질 새까만 말똥이 얼핏 자갈인 줄 알고 집어들 뻔했던 일이 머리를 스친다, 푸흐.

좋은 날이었다. 밝은 주황 혹은 붉은 금색으로 물든 새(볏과의 여러해살이풀)들로 뒤덮인 오름을 마음이 비슷한 사람들과 함께 넘은….

2019. 3. 23

어머니의 나라, 추와이홍

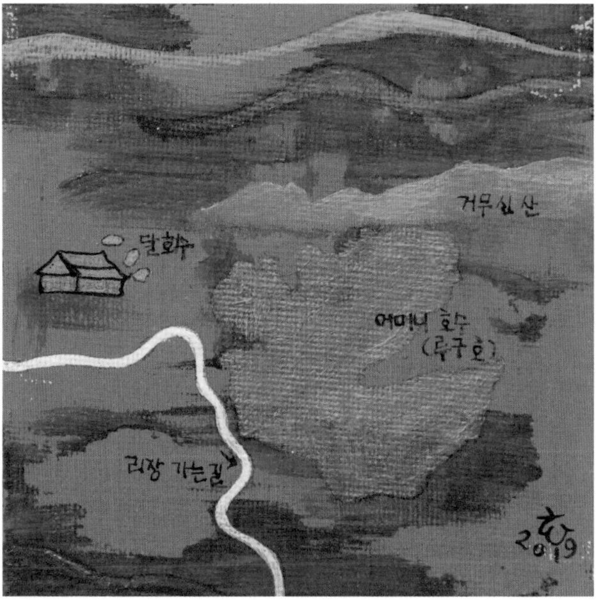

서울 갔을 때 책을 두 권 사왔다. 될 수 있으면 책을 사지 않으려 하는데(책장이 부족해 결국은 처분해야 하기 때문) 서울만 가면 자꾸 사게 된다. 오늘 그 중 한 권인 추와이홍의 『어머니의 나라』(이민경 역, 흐름출판, 2018)를 읽었다. 가모장제와 주혼走婚과 꽃방과 세이세이 등 흥미로운 이야기가 가득한 중국 윈난성 모쒀

족의 이야기다.

『어머니의 나라』는 나란 존재(여성도 아니고 남성도 아닌 사람 나)를 거듭 돌이켜보게 하는 책이었다. 지구촌 가정의 모습이, 남녀 간의 관계가, 내가 아는 한두 가지가 아님을 새삼 알게 하고 당연하게 여겨온 것들이 당연한 게 아닐 수도 있음을 새삼 깨닫게 하는 책이었다.

내가 만일 모쒀인으로 태어나 전형적인 중국인 가족(그러니까 가부장제 가족)을 바라본다면, 여성의 지위가 그토록 낮은 것에 가장 먼저 놀랐을 것 같다. 애초부터 여성에게 수모를 안기도록 설정된 사회란 있을 수 없다.

기가 막힐 일이지 않은가, 여성에게 수모를 안기도록 설정된 사회라니. 생각해보면 나는 지금껏, 내가 부여받은 집안 내 지위와 나란 존재의 존엄에 대해 어떠한 저항도 의심도 해본 적이 없다. 철학적인 이야기를 하려는 것은 아니다. 시집 식구들과 살면서(지금도 현재진행 중) 내가 겪은 이런저런 일들을 새삼 의아해하고 있다. 아니, 슬쩍 억울해하고 있다, 이제 와서….

이왕의 나는 그렇다 치고 비혼이 유행처럼 번지고 있는 작금의 젊은이들(아들들)을 생각해본다. 또 수명 연장으로 외로운 여생의 기간이 길어진 노인들을 떠올려본다. 이제라도 『어머니의 나라』로부터 어떤 암시를 받아야하는 것 아닌지 모르겠다. 조심스럽게 말이다. 예를 들면, 다음의 문장 같은 것에서다.

모쒀 여성이 낳는 아이는 어떤 아이든 혼외자식일 수밖에 없다. 왜냐하면 이들은 결혼을 하지 않고 따라서 아이에 대한 소유권을 주장하는 남성이 존재하지 않기 때문이다.

성적인 관계는 부족의 생존을 위해 매우 중요하나 가족을 이어 붙이는 아교 역할을 하지는 않는다. 모쒀인들에게 사랑이란 하나 보다 많은 것이되, 사적인 영역에 머무는 감정인 것이고 무엇보다 가족 아래 위치하는 것이다.

인간으로서 솔직해지자면, 우리는 이미 마음 깊은 곳에서 모든 욕망을 충족시킬 수 있는 단 한 사람이란 세상에 존재하지 않는다는 사실을 알고 있다.

2019. 3. 26

제주올레 10코스

어제 제주올레 10코스를 걸었다. 화순해수욕장에서 시작해 모슬포에서 끝나는 총 거리 17.5㎞의 올레다.

출발점에서 멀지 않은 썩은 다리(사근 다리) 오름에 들어서자 아지랑이를 닮은 홍분이 일어났다. 앙상한 나뭇가지들로 아치를 이룬 좁은 터널을 길가에 움돋기 시작한 여린 빛 생명들과 함께 걷는 고적한 행복감이었다. 잔잔한 홍분은 영험한 산방산을 끼고 흐드러진 노란 유채꽃밭을 지날 때도 계속됐다. 저 멀리 바굼지오름과 산방산이 바라보이는 둥그런 잡초밭을 지날 때는 감상까지 겹쳐져, 푸른 색과 보라색의 마블링 작품 속으로 성큼성큼 걸어들어가기까지 했다. 가까이서 보니 작품의 염료는 어린 풀과 지면에 바싹 붙어 핀 보랏빛 어린 광대나물 꽃이었다.

송악산 둘레길은 건너뛸까 하다 양심(?)을 속이는 것 같아 그냥 걸었다. 둘레길의 아름다움은 너무도 잘 알지만 여러 차례 다녀온 터라 앞으로 남은 거리가 많은, 경현과 내가 살짝 유혹을 느낀 거였다. 결과는 대만족. 청보리축제를 가까이 둔 가파도는 푸른 빛이 완연하게, 마라도는 누런 비탈면의 선이 선명하게, 송악산에 바싹 다가와 있었다.

섯알오름을 걸을 때는 조금 속상했다. 더할 수 없이 멋진 풍광 가운데 고사포진지가 차려져 있어서였다.

그렇게 길게 이어지는 오름의 오솔길이 슬슬 힘들어질 때였다.

아…!

행복감과 홍분이 삽시간에 사라졌다. 너무도 아름다운 곳이어서 충격이 더 컸지 싶다. 오름 입구의 올레 안내표지에서 '한국전쟁 발발 후 전국적으로 보도연맹원을 학살할 때 모슬포를 중심으로 한 제주도 서부지역의 예비 검속자 210명이 이곳에서 학살되었다'는 글을 읽기는 했었다. 섯알오름이 아픈 역사를 간직한 곳이라는 말도 듣기는 했었다.

엄숙한 마음으로 추모비 아래 쪽 도로에 세워진 안내문을 읽었다.

이곳은 1차 1950년 7월 16일 해병모슬포부대 5중대 2소대 분대원과 2차 8월 20일 해병3대대 분대장급 이상 하사관들에 의해 민간인이 학살된 장소이다. 해병대 모슬포부대에서 차출된 대원들이 도착하자, 중대장·소대장이 미리 도착해 있었고, 소대장이 총알을 나눠주었으며 중대장의 "한 사람이 한 명씩 총살하라"는 명령에 따라 대원들이 일렬종대로 대기하고 있다 GMC 트럭에서 내리는 민간인을 이곳 호 가장자리로 끌고 와서 한 명씩 세워놓고 지휘관이 지켜보는 가운데 총살해 시신을 호 안으로 떨어지게 한 장소이다(백조일손, 백 명이 넘는 사람들이 한날한시에 죽어 누구의 시신인지도 모르는 채 같이 묻혀 무덤도 같고, 제사도 같이 치르니 그 자손은 하나다, 라는 뜻).

— 총살집행참여자 진술

마음이 무거웠다. 아픈 역사를 위로하기 위해 내가 할 수 있는 일이 없다는 것이 서글펐다. 내 입으로 말하기 내 스스로 계면쩍은, 기도밖에는 할 수 없다는 것이 부끄러웠다.

2019. 4. 3

마시멜로와 음악회

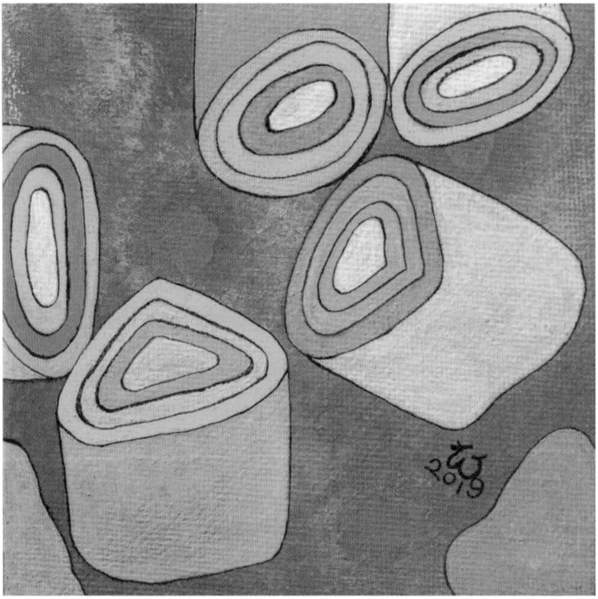

마시멜로를 하나 입에 넣는다. 내 입에는 별로다. '마시멜로 실험'에 대해 들은 적이 있어 엄청 맛있는 건가보다 생각했었는데 실망이다. 혹시 내 마시멜로만 맛이 없는 걸까? 마시멜로를 세상 태어나 처음 먹어보니 알 수가 없다. 혹시나 싶어 마시멜로를 하나 더 먹어본다. 역시나 내 입에는 아니다.

지금 먹고 있는 마시멜로는 공연장에서 받았다. 지난 주 토요일 설문대여성문화센터에서 열린 〈봄날애〉라는 공연에 갔다 성악가 함석헌에게 받았다. 그러고 보니 성악가 함석헌의 공연을 본 것은 토요일이 처음이다.

함석헌은 재미있는 분이셨다. 무대에 나올 때마다 무언가(처음엔 꽃다발, 두 번짼 박카스, 세 번짼 마시멜로, 마지막엔 자신이 출간한 책)를 가져와 청중들에게 나누어주며 재담으로 청중을 웃겼다. 내가 마시멜로를 받은 것은 자리 운이 좋아서였다. 청중을 세 분단으로 나누어 노래 부르기를 시켰는데 내가 속한 3분단이 제일 잘 불렀다며(나는 비교적 앞에 앉아 있었다) 나누어준 것이기 때문이었다.

뭘 받아서는 아니고, 성악가 함석헌은 정말 굉장했다. 음성도 노래도 좋았지만 청중을 이끄는 무대 매너가 정말 짱이었다. 유머러스하다고나 할까. 함께 출연한 소프라노 강혜정과 뮤지컬 배우 김소현이 분위기 메이커 함석헌의 덕을 많이 봤지 싶다. 예를 들면 귀여운 몸짓을 해가며 조금 어눌한 말투로 하던 이런 말들….

뚱뚱하고 키도 작고…. 그래서, 미안해서, 제가 노래를 많이 부르고 가려고요.

제가 의상을 2벌 가져 왔더라구요. 그래서 또 나왔어요. 가져온 의상은 입어야 하잖아요. 다음엔 의상 3벌 가져올게요.

〈나는 고양이를 샀다네〉라는 곡을 부르던 함석헌의 표정과 동작은 또 어떻고…. 그처럼 유쾌하면서도 의뭉스럽게 그 곡을 부를 수 있는 사람은 없을 것 같다. 좌중을 이끄는 사람은 유머 있는 사람이라는 말을 실감하는 음악회였다.

혹시 유머의 기본은 '어눌'이 아닐까? 남에게 어딘가 살짝 모자란 듯이 보이는 기술 말이다. 진짜 모자라서는 아니고 상대를 높이고 스스로를 낮추는 자세. 나도 유머러스한 사람이 되고 싶은데 무엇을 어떻게 고쳐야 어눌해질지 모르겠다. 아닌가?! 유머러스는 몰라도 이미 어눌은 한 건가?

괜스레 마시멜로를 하나 더 입에 넣는다. 맛이 여전히 별로다.

2019. 4. 8

좋은지 나쁜지 누가 아는가, 류시화

녀석들 의리 있기는! 입구의 좁고 긴 화단에 들어서며 혼잣말을 한다. 튤립들이 금방이라도 벌어질 듯 붉고 노란 봉우리를 뾰족 내밀고 있다. 서울 가면서, 내가 없는 사이 꽃망울을 터뜨릴 것 같아 미리 아쉬워했는데 고맙게도 녀석들이 나를 기다려줬다. 고향에 온 것 같은 흐뭇함으로 마당을 향해 발을 옮긴다. 으악! 텃밭에 배추꽃이 해바라기 노랑으로, 브로콜리도 질세라 레몬 노랑으로, 활짝 피어 있다!

3박 4일의 서울나들이를 마치고. 제주 집에 왔다. 이번 나들이가 평소와 다른 것은 책을 제법 읽었다는 것. 박태희의 『사진과 책』, 류시화의 『좋은지 나쁜지 누가 아는가』 두 권이다. 사실, 『사진과 책』은 다 읽었지만 『좋은지 나쁜지 누가 아는가』는 아쉽게도 6챕터 중 4챕터까지밖에 못 읽었다. 시간이 부족해서였다. 우연히 두 책 다 희범 것이다.

가방에서 소지품을 꺼내 정리하다 노트를 펼친다. 정말이지 훌륭한 분들이다. 어떻게 이렇게 좋은 문장들을 쓰는 건지 모르겠다.

어느 명상센터에서는 이렇게 기도한다.

'내가 가능한 한 사랑과 연민의 마음을 갖기를, 만약 내가 이 순간에 사랑과 연민의 마음을 가질 수 없다면 친절하기를, 만약 내가 친절할 수 없다면 판단하지 않기를, 만약 내가 판단하지 않을 수 없다면 해를 끼치지 않기를, 그리고 만약 내가 해를 끼치지 않을 수 없다면 가능한 한 최소한의 해를 끼치기를.'

—『좋은지 나쁜지 누가 아는가』, 류시화, 더숲 2019

문장을 읽다 말고 어제의 일을 떠올린다. 이 중 몇 개만 적용했어도 경현과 희범과 나, 서로 무안해지는 일은 만들지 않았을 텐데 하는 생각을 하면서다. 에쿠, 결국 일기에 쓰고 만다! 서울까지 가서 왜 책을 두 권이나 읽게 되었는지를.

첫날, 엄마를 만나고 머리도 자르고 희범, 희재와 저녁도 맛있게 먹고 둘째 날, 책방에 가서 책도 둘러보고(꽃 도감을 샀다) 영화관에서 영화도 보고 호미화방에서 물감 등을 산 것까지는 좋았다. 그런데 회사에 바쁜 일이 있어 밤 늦게 귀가할 것 같다던 희범이(희재는 친구들과 약속이 있어 나가고 없었다) 예정보다 일찍 집에 돌아오면서(갑작스레 저녁을 함께 먹게 되면서) 문제가 생겼다. 마포갈비의 고기가 너무 맛있었던 걸까? 그래서 곁들인 음료가 과했던 걸까? 계속 눈치를 줬건만 경현이 정치 얘기를 꺼냈다. 결코 자기 의견에 호락호락하지 않은 희범을 상대로 말이다. 당연히 분위기는 엉망진창이 되었고 세 사람 모두 기분을 망치고 말았다. 다음날 다시 온 가족이 함께 저녁을 먹을 때는 서로 아무렇지 않은 척했지만(참고로 화가 난 나는 어제 저녁식사 전까지 아무 데도 가지 않고 책만 읽었다) 조심하는 눈치가 완연했다.

다음에 서울에 가면 이번에 읽지 못한 나머지 두 챕터를 꼭 읽을 참이다. 아니지! 부디 다음 번엔, 책 읽을 틈 없이 즐거운 일만 이어지기를 바라마지 않는다.

2019. 4. 12

김영갑갤러리와 빛의 벙커

광치기해변에서 가까운 비즈니스 호텔이다. 밤 1시. 뜬금없는 시간에 뜬금없이 일기를 쓴다. 어제 너무 일찍 잤나 보다. 감기기운 때문인지 저절로 잠이 들고 말았다.

제주 동쪽 성산으로 나들이 나왔다. 육지에 살 때는 상상도 못 한 일이다. 섬이 넓으면 얼마나 넓다고…. 그런데 실은 섬이 넓다.

집이 제주의 서쪽 끝에 있어 동쪽 성산까지 가려면 2시간 걸린다. 2시간이 멀다고? 멀다. 이곳 제주에서는 심정적으로….

농담이다. 2시간이 먼 것은 사실이지만 경현이 광치기해변에서 일출을 찍고 싶다고 해 호텔을 빌렸다.

어제는 참 좋았다. 아침에 가시리에서 유채꽃 감상도 하고 지난 번 혼자 여행할 때 갔었던 표선의 카페를 굳이 찾아가 대추차도 마셨다. 김영갑갤러리와 빛의 벙커도 다녀왔다.

김영갑갤러리는 다리 다치기 전, 북촌시사 모임으로 제주에 왔을 때 갔었으니까 4년 만이었다. 그 4년이 그렇게나 긴 것이었을까? 갤러리 입구에 들어서며 그간의 세월을 실감했다. 모자 쓴 인형(허수아비) 때문이었다. 아니, 인형의 몸에 슨 녹 때문. 녹이 슬어 실망한 것은 아니었다. 오히려 그 동안의 세월이 정감으로 슬어 있는 듯해 팔을 둘러 인형을 안아주고 싶었다. 인형의 몸짓도 조금 달라져 있었다. 입도 없었던 것 같은데 생겨 있고…. 참! 별거 아닌 엉뚱한 곳에 신경을 쓰는 나지 않은가! 보라는 달은 안 보고 달을 가리키는 손가락에만 집중하는.

김영갑의 사진을 각별히 좋아한다. 단순한 구도로 간결하게 대상을 처리하는 솜씨와 채도가 높은 색상 사용이 내 취향과 맞아서다. 또 보통사람의 일상이 없었을 정도로 치열했던 그의 예술혼을 내가 안타까움과 함께 동경해서다. 그러고 보면 경현은 자신과는 너무 다른(예술 취향과 생활 방식에서) 그의 작품을 보며 나와는 또 다른 감상을 했겠다. 너무도 짧은 삶을 살았지만 너무도 많은 것을 남긴 그의 발자취에 생각이 많아지는 건 나와 같았겠지만….

갤러리를 나와 찾아간 빛의 벙커는 새로운 경험이었다. 컴컴한 벙커에 들어가 사방팔방의 벽과 바닥에 넘치도록 그려지는 빛 그림을 보았다. 그것도 훈데르트 바서와 구스타브 클림트의 작품으로.

전체 관람 시간은 45분이었지만 90분 이상, 그러니까 2번을 거듭해 봤다. 처음엔 뻥 뚫린 크고 긴 공간에서 커졌다 작아졌다 끊임없이 모습을 바꾸는 화면으로, 두 번째는 방처럼 구분해놓은 작은 공간에서 작품 해설과 함께 벽면에 쏘아진 고정된 그림으로….

좋은 경험이었다. 사진도 맘껏 찍었다. 공기가 답답한 것(감기 기운이 있어 나만 그렇게 느낀 것인지도 모른다)과 어두워 발밑이 무서웠던 것(골절 경험을 가진 나만 그렇게 느낀 것인지도 모른다)은 빼고다.

옆 침대의 경현이 돌아눕는다! 이제 그만 자야 할 것 같다. 잠 안 온다고 톡톡 소리와 불빛으로 남의 단잠을 방해해서는 안 될 일이다.

2019. 4. 13

해녀박물관

2박 3일의 틈새 여행을 끝내고 집에 왔다. 사실, 여행도 좋지만 집은 더 좋다. 다른 때 같았으면 집에 들어서자마자 아버님이 어질어놓은 부엌 등등을 정리하며 식사 준비에 분주했겠지만 오늘 내 일은 아버님도 안 계시니 룰루랄라다. 대신 오늘은 경현이 바쁘다. 집을 비운 사이 문제는 없었는지 살피고 텃밭에 물도 줘야 한다.

목이 아프다. 콧물도 나온다. 내일은 성가를 불러야 하는데 걱정이다. 들어오는 길에 한림약국에 들러 감기약은 사왔다. 협재빵집에서 빵도 사오고. 그러면서 생각했다, 역시 우리 동네가 최고라고. 협재와 금릉해변이, 월령포구가, 두모리해안길이, 판포의 돌담 두른 밭이, 제주의 그 어느 곳보다 아름답다고. 하기는 제주 사람들은 제각각 자기 동네가 최고라고 한다.

"배추랑 양배추 다 뽑아버렸다. 이제 슬슬 새 작물 심어야 할까 봐."

경현의 외침에 좀 쉬지, 하며 서재 창으로 텃밭을 내려다본다. 그새 밭을 정리한 경현이 텃밭에 물을 주고 있다. 시들어진 배추랑 양배추만 없앴을 뿐인데 밭이 말끔하다. 텃밭을 노랗게 밝히고 있는 브로콜리 꽃들…. 곧 뽑히겠지 생각하니 조금 아쉽다. 암팡지게 살이 오른 양파를 수확할 생각을 하면 뿌듯하다. 창처럼 꼿꼿한 잎 끝에 달린 대파 꽃과 젖은 양말처럼 늘어진 잎 밑에 영근 양파가 같은 색인 것은 또 얼마나 재미있는지.

도시 사람들은 모를 듯하다, 배추나 양배추가 어떻게 꽃을 피우는지. 우리 집 텃밭의 잎 길이 30센티미터도 안 되는 배추는 잎사귀 사이로 거의 1미터 높이의 꽃대를 올렸다. 차곡차곡 빈틈없이 보자기를 싸대던 양배추도 그 단단한 보자기 가운데를 뚫고 (풀어헤친 것이 아니라) 꽃대를 올렸다.

서재 창 너머로 보이는 바다 위 구름이 붉다. 해녀들의 끝없이 분투하는 삶(물질하랴, 밭일하랴, 또 집안일 하랴)이 내 가슴을 붉게 저민다. 집에 오기 전 해녀박물관에 들러 〈이어도 사나〉를 부르는 영상(한 해녀 분이 '울 엄마 날 낳던 날은 해도 안 뜨고 달도 안 뜨고' 하며 울먹이셨다)을 봐서인지 모른다. 하도해변에서 물질하는 해녀들을 봐서인지도. 제주로 이사 오기 전에는 '해녀 체험해보고 싶다'는 말을 곧잘 했었다. 집 앞 바다에서 스노쿨링을 한번 해보고는 즉시 포기했지만…. 바다는 생각보다 무서웠다. 물 속 깊이 몸을 가라앉히는 것도 생각만큼 쉽지 않았다.

경현이 저녁 안 먹느냐며 밖에서 외친다. 내가 잠시 잊고 있었다. 한 남자는 갔지만(서울로) 여전히 내 곁에 남아 내 밥을 기다리고 있는 또 다른 한 남자가 있음을….

역시! 여행이 좋다!

2019. 4. 15

가파도 청보리축제

이런 적은 없었다, 일기를 쓰며 귀찮다 생각한 적은. 그렇다고 그 어여쁜 가파도를 모르는 척 넘어갈 수도 없다. 이게 다 감기에 걸려 콜록콜록 훌쩍훌쩍 하는 나를 차에 태워, 배에 태워 섬까지 끌고 간 경험 때문이다. 아닌가? 좋은 구경 시켜줬으니 때문이라 탓하지 말고 덕분이라 감사해야 할까? 그러고 보니 아침에 출발

할 때보다는 컨디션이 좋아진 것도 같다. 섬에 갈 때는 10분을 간다는 배에 앉아 꿈까지 꾸며 졸았는데 말이다.

가파도는 모슬포 남쪽에 위치한 가오리 형태의 섬이다. 바다에서는 파도가 흰 포말을 일으키며 북으로 흐르고 청보리밭(섬의 대부분 18만평)에서는 은빛(실은 펄이 섞인 초록) 이삭들이 검은 그림자와 함께 파도처럼 흔들린다.

섬의 어디를 가나 평화와 고요가 느껴졌다. 청보리에 섞여 핀 연보랏빛 무꽃과 노랑 유채도 선명하게 어여쁘고 밭담 밑에 피어 있는 노랑 괴불주머니까지 반갑게 귀여웠다. 낮은 지형(가장 높은 곳인 소망전망대가 해발 20.5m)과 섬을 에워싸고 있는 순한 빛이 보이는 모든 것에 안정감과 색감을 더하고 있었다.

경현은 삼방산과 송악산이 멀리 한라산과 함께 보이는 광경에 더 반한 눈치였다. 전망대에서부터 해변으로 이어지는 길을 걸으며 연신 제주 본섬 쪽으로 카메라를 들이댔다. 모르긴 몰라도 조만간 가파도에 다시 가지 싶다. 일몰을 찍겠다며 경현이 하룻밤 묵고 오자고 할 것 같아서다. 하기는 나도 편안하고 조용한 가파도가 어느새 그립다. 여유있게 섬 바람도 느끼고 맛있는 보말칼국수도 먹고 해변에서 돌 구경하는 시간이 벌써 기다려진다.

돌? 실은 내가 나쁜 짓을 했다. 섬에서 돌을 두 개 가져왔다. 길을 걷다 눈에 띈 돌이 하필 물고기의 머리처럼 생긴 게 문제였다.

위쪽으로 눈인 양 동그란 구멍이 뚫려 있고 아래쪽으로 입처럼 절개선이 나 있는 돌 아니, 물고기의 머리를 발견하는 순간 녀석의 몸을 찾아주고 싶다는 생각이 머리를 스쳤다. 맞춤한 돌을 붙여 온전한 몸을 만들어주고 싶다는 생각이.

당장 해변으로 내려가지는 않았다. 말도 안 된다며 경현이 펄펄 뛸 게 분명했다. 일정대로 올레를 다 걷고, 점심도 먹고 배 들어오는 시간까지 약간의 여유가 있음을 알게 되었을 때 드디어 해변으로 갔다. 물론 경현의 쿠사리를 뒤통수로 들으면서였다. 결과는 살짝 실패. 검지 길이 만큼이라는 정보만 갖고 짝을 찾은 게 문제였다. 크기가 맞지 않았다. 머리 부분 돌을 경현의 배낭에 넣어둔 탓에 챙겨갈 수 없었다.

머릿속으로 다른 생각이 떠오른다. 돌을 잘 씻어 말린 뒤 밑색을 칠하고 머리에는 아가미를, 몸에는 비늘을, 그려주면 어떨지 모르겠다. 그러려면 돌을 집어온 죄(?)에 자연상태를 훼손하는 나쁜 짓을 더해야 하는데….

2019. 4. 25

수월봉 지질트레일

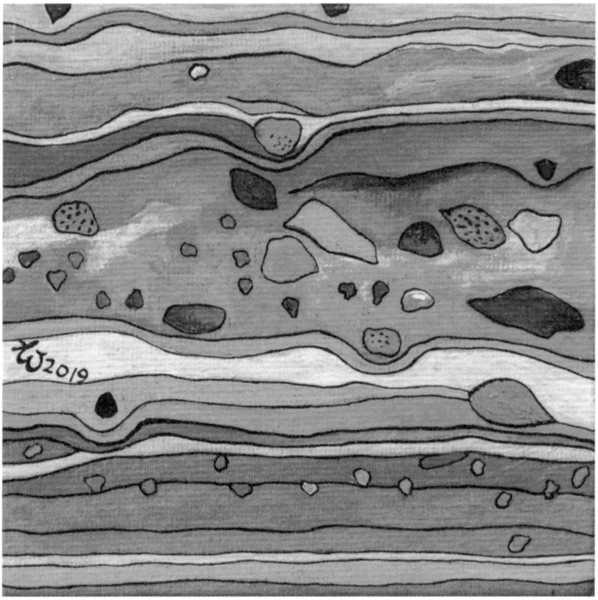

〈제9회 수월봉 지질트레일〉에 참가하고 방금 집에 돌아왔다. 전문가(한국지질환경연구소장 류춘길 박사)의 설명을 들으며 엉앙길을 걷는 흥미진진한 경험이었다. '엉알'은 제주어로 '높은 절벽 아래 바닷가'라는 뜻으로 엉앙길은 해안절벽과 바다 사이로 난 아름다운 길이다. 해안절벽은 화산활동의 결과 화산재 지층이 시루떡처럼 쌓인 암벽으로 얼핏 지층이 퇴적암처럼도 보이지만 화산분출물이 쌓여 응고된 응회암이다.

오늘 박사님께 배운 것이 많다. 제주도 지형이나 식생이 육지와 많이 다른 것은 제주도가 고생대 중생대에 형성된 한반도와 달리 신생대 제4기 즉 약 2만 년 전에 만들어진 젊은 암석이기 때문이라든가(지표에서 보는 암석은 더 젊다고 한다. 그 이유로 제주도에는 흙이 부족한데 흙은 오랜 세월에 걸친 풍화작용으로 만들어지기 때문이다) 한경면 소재의 고산지역에서 러시아의 것과 유사한 신석기 유물이 나오는 것은 지금보다 해수면이 100m 정도 낮았을 그때의 서해는(1만2천 년 전에서 1만 년 전, 빙하기를 거치며 해수면이 높아졌다고 한다) 평평한 땅이어서 이동이 가능했기 때문이라든가, 수월봉이 세계적으로 유명한 화산연구의 교과서가 된 것은 수성화산활동에 의해 만들어진 응회환(그러니까 수월봉)이 파도에 의해 3분의 2 정도가 침식당하면서 잘 발달된 지층의 단면이 드러났기 때문이라든가….

제주에 대해 모르는 것이 정말 많다. 풍광이 아름답고 물과 공기가 좋아서 아니, 그냥 살고 싶어 집을 옮긴 터라 정말이지 아는 것이 별로 없다. 제주의 지질은 물론이요 풍속과 역사와 하다못해 4·3사건에 대해서도 자세히 모르지 않는가. 제주인다운 제주인으로 살아가려면 공부가 많이 필요한 것 같다.

참! 박사님으로부터 생태에 관한 이야기도 들었다.

등산들 많이 하시지요? 산에서 내려오면 에어건으로 신발에 묻은 먼지를 털곤 하잖아요. 이게 잘못된 거예요. 에어건을 산에서 내려올 때 쓸 게 아니라 오히려 오르기 전에 써야 한다는 게 제 생각이에요. 산에서 받은 것은 모두 좋은 거 아닌가요? 털어내야 할 게 없지요. 오히려 우리가 신발에, 옷에 묻혀 산에 들이는 게 문제라고 생각해요. 인식을 바꿔야 해요. 생태가 뭔지 아세요? 생태란 생물과 자연과의 관계예요. 생태는 우리 자신도 들어가는 커다란 시스템 안에서 생각해야 해요. 그런 면에서 '생태정원'이란 말 그대로 말이 안 되는 말이지요. 생태는 자연의 것이고 정원은 인공의 것이니까요.

(4월 26일자 한라일보 1면에 사진이 크게 실렸다. 정중앙에 늠름히 발을 뻗고 있는 내가 인솔자처럼 보이는 사진이다. 이제 보니 나, 은근히 나서는 타입인가 보다…?)

2019. 4. 28

비양도와 야유예배

오늘, 전교인이 제주 서쪽의 작은 섬 비양도에 가서 야유(?)예배를 드렸다. 정확히 말하면, 예배는 비양도에 있는 비양도 교회에서 드리고 반나절 섬을 돌아다니며 유遊하다 왔다. 어릴 적 소풍처럼 돌 위에 앉아 바다를 바라보며 도시락도 까먹고 유유자적 염습지인 펄랑못 주변을 걷기도 하고 느릿느릿 분화구까지 올라갔다 내려오고 하면서.

비양도를 한 바퀴 도는 것은 어렵지 않았다. 섬 둘레가 3.5㎞밖에 안 돼 한 시간 남짓에 돌 수 있었다. 높이 114m의 분화구 정상까지 오르는 것도 힘들지 않았다. 다만, 정상의 등대에서 작은 분화구(비양도는 분화구를 두 개 가지고 있다) 쪽으로 내려오는 길이 가팔라 무릎이 좋지 않은 사람에게는 무리가 됐을 수도 있다.

큰 분화구에서 비양봉까지의 길은 특히 아름다웠다. 세죽의 대나무 통로도 그렇고 갯무꽃으로 분홍 천지가 된 오르막길도 그렇고. 조그만 하얀 꽃이 흐드러진 보리수나무도 내게는 새로웠다. 생각보다 나무의 키가 작고 줄기가 가늘었기 때문이었다. 이런 덩치의 나무 밑에서 과연 '성문 앞 우물 곁 단꿈'을 꿀 수 있을지 의아했던 것. 누군가의 '보리수 열매가 어릴 적 간식이었다'는 말에는 불현듯 엄마가 생각났다. 내가 좋아한다며 시장에서 곧잘 빨간 그 열매를 사다주곤 했었다.

오늘 해설을 맡아준(목사님 부부를 빼면 교인이 1명뿐이라는 쉴 만한 교회) 목사님으로부터 식물 이름도 몇 개 배웠다. 먹으면 유산을 일으킨다는 해녀콩(목사님은 슬픈 이름이라고 하면서도 그 이유를 구체적으로 말씀하지는 않으셨다)과 가을에 열매를 걷어 베개를 만들어 베면 두통이 없어진다는(흠흠, 향기가 정말 좋았다) 숨비기, 적당한 염분을 품고 있어 그냥 먹어도 간이 딱 맞는 번행초까지. 번행초는 위장에 좋은 풀이라고도 하셨다. 암까지도 치료한다고…. 참! 예덕나무도 알려주셨다. 어린 새순은 나물로 먹고 열매로는 염액을 만든다고 하셨던가?

비양도는 내게 아담하고 아름다운 섬이다. 바라보면 마음 따뜻해지는 정다운 섬이다. 내 눈에는 비양도가 누군가의 오래된 모자처럼 보인다. 늘 머리에, 손에 그러니까 몸에 지니고 다니는 모자. 제주 어디서든 보이는 한라산에서 영험과 기백을 느낀다면 (한라산 모습은 방향에 따라 정말 다르다) 비양도에서 나는 내 마을, 내 집에 들어선 듯한 편안함을 느낀다. 어디 먼 데를 갔다가도 비양도가 보이면 마음이 놓인다. 자주 보아서인지도 모른다, 바로 문만 나가면 바라볼 수 있어서….

2019. 5. 24

그림일기 쓰는 저녁

툭툭 탁탁 턱턱 칙칙.

경현이 마당 텃밭에서 내는 부산한 소리가 새소리와 어울려 타악기 연주처럼 들린다. 지난 번 심은 상추가 세 포기 죽고 땅도 남아 오늘 오일장에 가서 모종을 사왔는데 그걸 심느라 두 시간째 저렇듯 애를 쓰고 있다. 새로 사온 모종은(잎이 좁고 긴) 상추, 아삭이고추, 빨강 노랑 파프리카, 마디호박, 가시오이다. 나 몰라라 하는 것이 슬쩍 미안도 하지만 참견하지 않는 것이 오히려 돕는 일임을 서로가 알고 있다. 작물 키우는 것에도 의견이 달라(초보 농부가 둘이면 모종이 산으로 아니, 바다로 간다) 혼자 책임감을 갖고 하는 편이(적어도 이 시점에서는) 평화로운 방법이다.

툭툭 삐리삐리 턱턱 짹짹.

마당에서 연주되는 실시간 공연음악을 들으며 제주지역균형발전센터에 낼 강사지원서를 쓴다. 강사지원서를 내게 된 얘기를 하자면 조금 길고 구차하지만 아무튼 부랴부랴 만든 나의 '자기소개'는 이렇다.

저는 삶의 대부분을 서울에서 보낸 50대 후반의 수필가입니다. 재작년 제주의 서쪽 한경면 판포리의 조그만 땅을 구입해 집을 짓고 작년 1월 초에 입주하였지요. 제주는 부모님의 고향입니다. 성산면 온평리와 난산리가 양친의 출생지이지요. 제가 태어나기 훨씬 전 두 분이 등지듯 고향을 떠나왔기에 그동안 저는 제주가 저와 큰 관계가 있다고 생각하지 않았습니다. 그런데 그렇지 않았나 봐요. 재작년 봄, 제주에서 열리는 문학모임에 참석했다 제 스스로 놀랐습니다. 3박 4일 동안 모임을 하면서 제주의 토속음식이 얼마나 맛있는지, 바다 냄새가 얼마나 향기로운지, 한라산과 오름의 능선들이 얼마나 아름다운지…. 부모님이 즐기시던 음식과 언어습관이, 사고방식이 알게 모르게 제주인로서의 저를 길러낸 걸까요.

제주를 떠나고 싶지 않았습니다. 행복하고 충만한 마음을 간직한 채 제주에서 살고 싶었습니다.

다행히 퇴직을 앞두고 있던 남편이 제주로의 이주를 허락해주었습니다. 당장 땅을 사고 집을 지었지요. 지금 생각해보면 삶의 터전을 제주로 옮긴 모든 과정이 작은 기적입니다. 재작년, 제주를 돌아다니며 그 풍광에 매혹된 눈과 마음이 제주살이 1년을 넘긴 지금까지 변하지 않은 것도요.

얼마 전 지역에 지역균형발전사업의 일환으로 〈문화사랑방〉이 생겼다는 소식을 들었습니다. 사무장이 제게 강사지원을 권유하더군요. 생각이 많아졌습니다. 경기도의 고등학교에서 전공인 경영학(상업) 수업을 해본 적은 있지만, 또 문학단체에서 합평이나 패널 활동을 한 적은 있지만, 정식으로 문학(수필)수업을 해본 적은 없기 때문이었어요. 한편으로는 지역주민들과 글(문학)을 매개로 소통할 수 있는 기회인데 싶기도 하고, 지금껏 해온 활동과 재능을 좀 더 발전시키고 나눌 수 있는 기회인데 싶기도 했고요.

결국 저는 강사지원을 하기로 마음먹었습니다. 10년 가까이 글을 쓰며 저는 '자기 이야기를 쓴다는 것이 스스로를 치유하는 과정'임을 체험했거든요. 속에 담아둔 자기만의 이야기를 밖으로 풀어냄으로써 스스로 자신을 위로하고 용서하고 화합하는 경험을 해본 것이지요. 그러니까 이 좋은 일을 지역주민들도 겪어보게 하고 싶다는, 이 귀한 것을 지역주민들과 나누고 싶다는, 다짐 아닌 다짐을 한 겁니다.

정성껏 준비해 열심히 해볼 참입니다, 욕심 부리지 말고 차근차근 천천히 지혜롭게.

다시 보니 우습다. 이런 '자기 소개'로 자기 소개가 될지 한숨이 나온다.

현관 문 닫는 소리가 들린다. 경현이 일을 마친 걸까? 이제 일어나 부엌으로 가야 할 것 같다. 지난 번 만들어둔 백년초청으로 시원한 음료라도 한 잔 만들어줘야겠다.

2019. 5. 25

사려니숲길, 삼나무와 천남성

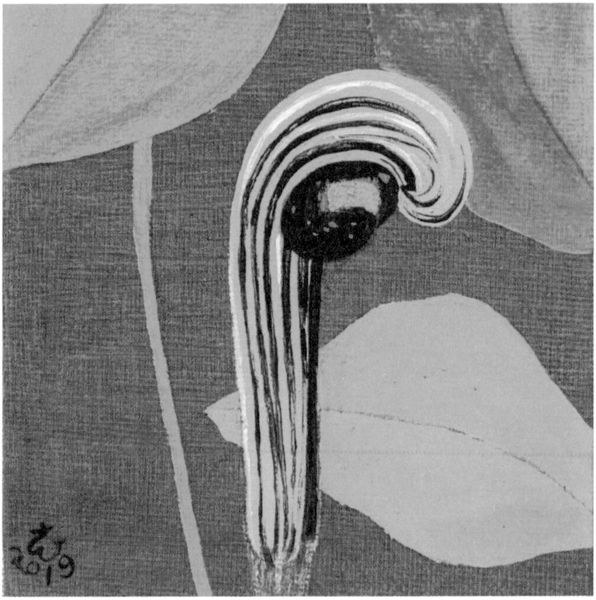

기분 좋은 밤이다. 쉴 자리로 돌아와 하루를 빛낸 장면들을 돌이켜보는 느낌이 충만하고 편안하다. 오늘 산수국과 삼나무와 천남성의 세상, 사려니숲길을 걸었다. 지금도 천남성을 생각하면 반짝 선물을 받은 양 놀랍고 반갑다. 장희빈에게 내린 사약을 천남성으로 만들었다는 이야기는 들은 적 있었다. 하지만 오늘 본 천남성은 그런 이야기와는 어울리지 않는 아니 어쩌면, 그런 이야기에나 어울릴 기품 있는 모습이었다. 동그랗게 말린 채 비스듬히 아래를 향하던 시선하며, 현대미술의 그 무엇처럼 푸르게 희고 검게 흘러내리던 풍만한 줄무늬하며…. 지금 생각해보면 그 크기와 두께에 압도당한 것 같다. 아니, 그 수에 놀란 것인지도 모른다.

베개를 높이 베고 사려니오름 출구에서 받아온 『사려니숲 에코힐링』 책자를 펼친다. 페이지를 넘기며(가짜 같은 진짜) 긴꼬리딱새 사진에서 한번 웃고 산딸나무와 탐라산수국 사진에서 거듭 미소 짓는다.

그런데 이게 뭐야! '사려니숲길 주요 감상 포인트'의 물찻오름 사진에서 화들짝 눈을 떼지 못한다. 이렇게 아름다운 곳을 놓치다니….

입구의 커다란 게시판 앞에 서서 코스를 의논하고 있을 때였다. 우리의 갑론을박이 안타까웠을까? 한 남성 해설사가 옆으로 다가와 말했다. 셔틀버스가 운행되는 5시까지 걷기를 마치려면 사려니오름이나 물찻오름 중 하나는 포기해야 할 거라며…. 물찻오름도 사려니오름도 이번 행사기간에만 개방하는 곳이었다. 살짝 고민스러웠지만 우리는 곧 사려니오름을 포기하기로 하고 숲길로 들어섰다. 그 이름도 어여쁜 물찻오름을 단념할 수는 없었다.

다시 사려니오름과 물찻오름으로 길이 갈라지는 월든 삼거리에 도착했을 때였다. 물을 마시며 지도를 들여다보는데 한 여성

해설사가 다가왔다. 괜히 반가워 내가 먼저 말했다, 물찻오름에 가려 한다고. 해설사가 고개를 갸웃했다. 물찻오름도 좋지만 둘 중 하나를 택해야 한다면 오래된 삼나무 숲이 더 좋지 않겠냐는 것이었다. 생각해보니 애초 우리가 이곳에 온 것은 삼나무 때문이었다. 두 사람이 팔을 벌려도 안을 수 없는 100년 된 삼나무를 볼 수 있다는 목사님 사모님의 추천으로 행사에 와놓고 잠시 목표를 잃어버리고 있었다. 당장 목적지가 변경됐다. 귀 얇은 부부답게 눈 앞 해설사의 권유에 따라 원래의 목표를 되찾기로, 그러니까 삼나무를 볼 수 있는 사려니오름 쪽으로 가기로.

악! 이건 또 뭐야! 몇 페이지 넘기지 않아, 우리가 본 것은 삼나무 전시림이고 진짜(?) 삼나무 숲을 보려면 갈림길이 나왔을 때 왼쪽으로 가야 했음을 깨닫는다. 그래서 사려니오름 입구 바로 전의 두 갈래 길에서 왼쪽 길로 가는 사람들이 많았던 것임을. 어쩐지 100년 된 삼나무가 안 보인다 싶더라니….

베개를 내동댕이치며 경현에게 달려간다. 그런데 이 기막힌 사실을 전해들은 경현의 대답이 의외로 간단하다.

"다음 주에 봐서 또 가지 뭐."

복잡한 머리와는 달리 내 입도 순순한 대답을 내놓는다.

"그러지 뭐. 목사님 사모님이 다음 주 가신다고 했는데 우리 같이 갈까?"

2019. 6. 5

들고양이 쟈스민

밤새 뒤숭숭했다. 새끼들을 찾아다닐 쟈스민 생각에 자는 둥 마는 둥 하며 밤을 보냈다. 일이 벌어진 것은 어제 저녁 무렵. 쟈스민이 나타나 우체통 앞에서 기다리는 것까지는 여느 때와 같았다. 문제는 뒤이어 나타나곤 하던 다섯 마리 새끼들의 모습이 아무리 기다려도 보이지 않는 것. 안 그래도 걱정하고 있었다. 녀석들이 예뻐도 너무 예뻐 누구라도 보는 순간 납치충동을 일으킬 것 같아서였다.

일어나자마자 밥그릇도 찾아올 겸 풀섶에 가본다. 밥그릇 하나는 여느 때처럼 비어 있고 다른 하나에는 우유에 말아놓은 사료가 제법 많이 남아 있다. 새끼들은 물론 쟈스민도 보이지 않는다. 당연하다. 지금껏 아침 이 시간에 녀석들을 본 적이 한번도 없기 때문이다. 하지만, 그래도 이전과는 달라도 너무도 다른 느낌…. 녀석들이 몸을 숨기곤 하던 폐창고의 찢어진 비닐 틈을 들여다본다. 쓰레기처럼 보이는 잡동사니들 사이로 풀들이 무성히 자라 있다. 퀴퀴한 냄새도 흘러나온다.

불쑥, 이상한 생각이 머리를 스친다. 까망이 한 마리는 행동이 무척이나 민첩하던데 적어도 그 녀석만큼은 이 구멍으로 도망칠 수 있지 않았을까? 그러고 보니 새끼들을 데려간 그 누구도, 어미를 생각해 적어도 한 마리는 남겨주었을 성싶다. 그렇다면 혹시 새끼를 옮긴 건 그 누구도 아닌 쟈스민? 그런데 왜? 지금 있는 장소가 덥고 악취가 나서? 설마, 나를 의심해서는?

하기는 무관심한 사람보다는 애정과 호기심을 갖고 있는 나 같은 사람이 문제를 일으키기는 한다. 에이, 그래도 그렇지 설마 쟈스민이…. 내 밥 먹은 세월이 벌써 얼만데….

내 마음이 이상하다. 차분히 가라앉고 있는 것 같기도 하고 차

갑게 얼어붙고 있는 것 같기도 하다. 녀석이 괘씸하기도 하고 기특하기도 하다.

그릇을 들고 풀섶을 나오며 당장 들고양이의 생태에 대해 알아보리라 마음먹는다. 가령 어미가 새끼를 독립시키는 시기는 새끼 생후 몇 개월이고 어떤 방식으로 하는가 등의 것.

그런데 녀석들, 어제 밥은 어디서 잘 먹었는지 모르겠다.

2019. 6. 8

좋은 날

오후에 잔디를 깎았다. 줄 예초기가 배달돼왔기 때문이다. 작년에 샀던 멋진 기계가(잔디 구간이 넓지 않은데다 중간중간 나무를 심어놓은) 우리 집 정원 사정에 맞지 않아 새로 주문했다.

경현이 예초기를 조립하는 사이 나는 반주연습을 하기로 하고 교회에 갔다. 집에 오니 잔디의 반이 이미 깎여 있었다. 미안한 마음에 손작두로 나무 주변과 돌과 돌담 주변의 잔디를 잘랐다. 오랜만에 잔디를 깎아서인지 잘린 풀이 산더미였다. 먼저 갈쿠리로 그것들을 긁어 포대에 담고 다시 빗자루로 나머지를 쓸었다. 해가 뉘엿뉘엿 수평선으로 내려오고 있었다.

이왕 일을 벌인 김에 내 몫의 화단도 정리하자 싶어 집 입구의 작은 화단을 손볼 때였다. 그러니까 작년 우체통 밑에 심어놓은 작은 들풀을 주차장 입구까지 이어 심기 위해 바닷가에 있는 들풀을 꽃삽으로 떠담아 옮길 때. 어촌계 꼬맹이의 호기심어린 눈빛을 받으며 왔다갔다 하고 있는데 쟈스민이 나타났다! 보란 듯 집 앞 길 한가운데 새끼 다섯 마리와 함께!

반가움이 내 입에서 비명처럼 터져나왔다. 동시에 '이제 봤지요' 하듯 새끼들이 폐창고의 찢어진 비닐 속으로 삽시간에 사라졌다. 당장 집으로 달려갔다. 냉동실에서 갈치를 꺼내 끓였다. 너무 얇아 먹을 것도 없이 귀찮기만 하다고 경현이 구시렁대던 거였다.

하지만 쟈스민은 깍쟁이 들고양이. 급히 식힌 갈치탕과 우유에 만 사료를 내려놓았지만 멀찍이 앉아 눈만 끔벅였다. 집으로 들어가는 척, 문 뒤에 숨어 녀석들을 살폈다. 어느새 나타난 새끼들이 쟈스민이 지켜보는 가운데 그릇에 머리를 들이밀고 있었다. 기특했다. 저 정도는 돼야 혹독한 세상에서 살아남지 싶었다.

하던 일을 마무리짓고 호미 등을 정리하는데 전화가 왔다.

"엄마, 오늘 연락 왔어. 나 합격했대."

대견하고 믿음직하고 기특한 희재였다. 이 엄혹한 시대, 졸업도 전에 연계전공으로 신세계라는 대기업에 취직하다니, 녀석….

오늘은 좋은 날이다. 어디서 무슨 일을 꾸민 건지는 알 수 없지만 들고양이 쟈스민이 다섯 마리 새끼들과 함께 돌아와 안도하는. 동시에 행복한 날이다. 한 달에 한번꼴밖에 만나지 못하는 바다 너머 아들들을 흡족한 마음으로 그리워하는. 그뿐이랴. 오늘은 해방의 날이기도 하다. 저녁을 골뱅이무침을 곁들인 치맥(정확히는 두 사람은 치맥, 나는 치와인)으로 때우는 바람에 식사 준비를 면제받은.

2019. 6. 10

감사와 자랑

평소보다 일찍 눈을 뜬다. 누운 채 괜스런 생각에 잠긴다. 염려를 하고 있는 건지도 모른다. 어제 예배 후 점심시간에 함께 식사하는 교인 모두에게 떡을 한 덩이씩 나누어 드렸는데 그게 이제와 잘한 건지 모르겠다. 한림떡집에 부탁해 만든 따끈따끈한 호박떡이었다.

내가 다니는 판포교회는 목사님이 헌금기도 전 각 사람이 써낸 감사의 내역을 읽어주신다. 정확한 이유는 모르겠지만 회계상의 착오나 누락을 없애기 위함으로 짐작하고 있다. 경현과 의논했다. 희재의 취업을 감사드리고 싶은데 그러자면 교인들에게 알리는 게 되니 과하지 않은 선에서 선물을 드리는 게 좋지 않을까, 하고. 말하자면 호박떡은 일종의 자랑값이었다.

분당에서 교회 다닐 때 2년인가, 중보기도 팀에 소속돼 스텝 역할을 한 적이 있다. 중보기도란 다른 누군가를 위해 기도하는 것으로 당시 교회는 교인들이 제출한 기도 제목을 위해 릴레이기도 팀을 운영하고 있었다. 팀은 분기별로 지원자를 받아 새로 짰는데 스텝이었던 나도 기도 팀에 속해 약속한 시간에 기도실에 들어가곤 했다.

어느 날 내게 문제가 생겼다. 시험을 받은 거였다. 사업실패로 당장 식구들 먹고살 일을 걱정하는 누군가의 기도 제목 앞에서, 가망 없는 병으로 낙담과 공포에 떨고 있는 누군가 앞에서, 내 기도제목이, 내가, 너무도 가볍고 우습게 느껴졌다.

점점 기도할 수 없는 내가 되어갔다. 내 문제로 간절할 수가 없었다. 내가 너희들 재판관이냐며 역정을 내던 성경 속 예수님의 모습이 떠오를 때는 무언가를 구한다는 것이 필요 이상의 것을 욕심내는 것 같아 부끄럽기까지 했다.

그런데 이번엔 감사였다. 내가 한 감사의 방식이 스스로 껄끄러웠다. 신을 향한 감사에 사람을 향한 자랑을 섞어넣은 건 아닌지, 그래서 누군가에게 상실감을 안긴 건 아닌지 마음이 쓰였다.

한편 생각하면 자랑 좀 해도 되지 싶다. 그깟 자랑에 시험받고 상처입을 사람, 없을 것 같다. 그럼에도 왜 이리 마음이 눌리는 건지 내 자신도 알 수 없다. 기도에서 그랬던 것처럼 감사에도 층위가, 켜가 있다고 생각하는 것인지도 모른다, 내 안의 누가….

이불을 걷어찬다. 침대를 빠져나오며 하나님께 기도드린다. 내 행동으로 상처받은 사람이 있다면 부디 그를 치료하시고 위로해주시기를, 그에게 더 큰 감사의 이유를 내려주시기를. 또 어리석고 의심 많아 늘 주저주저하는 저를 (심지어 감사하고 기도하는 일에서조차) 지도하고 간섭해주시기를. 그리고 지금까지 베풀어주신 모든 일에 진심으로 기뻐하며 감사드린다는….

그런데 나, 지금, 또 기도하고 감사하고 있다?! 아무튼 말도 많고 탈도 많다, 나란 인간.

2019. 6. 23

당근케이크

당근케이크를 잘라 입에 넣는다. 이 얼마나 오랜만에 먹어보는 당근케이크인가! 내가 상상했던 것과는 맛이 조금 다르기는 하다. 하기는 그냥 당근케이크가 아닌 호두당근 케이크니 맛이 다른 것이 당연하겠다. 미국에서 먹던 계피향 진한 진짜(?) 당근케이크가 그립기는 하지만, 흠… 그래도 좋다, 맛있다.

테이블 옆, 문이 열리며 한 가족이 들어온다. 젊은 부부와 대여섯 살 어린 자녀 둘이다.

"엄마, 우리도 당근케이크 먹어. 당근케이크! 당근케이크! 당근케이크!"

오빠로 보이는 소년이 내 테이블과 엄마를 번갈아보며 외친다. 소년의 느닷없는 외침에 괜스레 내가 새치름해진다.

'그래 너도 먹어보렴. 정말 맛있어.'

그건 그렇고, 녀석 어떻게 알았는지 모르겠다. 내 눈에는(크림치즈가 둥그렇게 올려져 있고 옆 표면에 자잘한 호두가 오톨도톨 박힌, 크기도 둥그렇게 제법 큰) 그 생김이 전혀 당근케이크 같지 않아서다. 어쩌면 녀석, 여기서 이미 먹어보았는지도 모르겠다.

카운터를 향해 우르르 몰려가는 한 가족의 소란을 귀로 느끼며 행복을 만끽한다. 어쩌면 평화인지도 모르겠다.

케이크 한 조각에 커피 한 모금…. 여전히 맛있다. 시계를 본다. 5분만 더 있으면 떠나야 할 시간. 오늘은 올림픽공원에서 북촌시사 모임이 있다. 필요 없는 고백을 하자면 내가 아침부터 그것도 혼자, 스타벅스에 온 것은 글사모 동지 희영 씨가 보내준 기프티콘 기한이 얼마 남지 않아 서울 온 김에 쓰고 가기 위해서다. 그러니까 오늘 북촌시사 모임을 마치는 대로 곧바로 김포로 가 제주로 내려갈 예정. 경현에게 함께 먹으러 가자고 했지만 고개를 저었다. 아들들도 마찬가지이고…. 하기는 휴일인데 아침부터 어디 나가고 싶지는 않겠다, 그것도 식사대용으로 케이크를 먹기 위해.

어쨌든 참 좋다. 모임에 나가는 길에 조금 일찍 나와 이 자리에 있는 것이기는 하지만 오랜만에 문화인이 된 기분이다.

그런데! 옆 테이블, 아까의 네 명 가족이 먹고 있는 게 당근케이크가 아니다! 언뜻 보기에는, 아마도 치즈케이크? 그런데 왜? 아들이 그렇게나 여러 번 당근케이크를 외쳐댔는데?

알 수 없다. 부부만의(미루어 짐작컨대 다분히 엄마만의) 매우 교육적인, 혹은 건강상의 계산이 있었지 싶다. 그 시절 내가 그랬듯. 그러니까 안 그래도 되는, 당시엔 심각하나 결국엔 큰 의미나 영향이 없는 무척이나 뜻 깊은 우려 같은 것.

아코! 벌써 시간이! 당장 나가야 한다.

4부

2019. 7. 9

전복죽 끓이기

전복을 손질하고 있다. 아버님이 입맛이 없다고 하셔서다. 2주 전이라면 있을 수 없는 일이다. 그렇게나 원기왕성하고 그렇게나 식욕충만하셨던 분이 어떻게 이리도 급작스레 변하신 건지…. 아버님은 지금 온몸이 부은 채 이곳저곳 피부껍질을 떨어뜨리고 계신다. 날마다 월령리까지 2시간 산보를 가던 분이 집안에서 걷는 것조차 힘들어하신다. 그래도 하루만 참으면 된다. 내일 제주대 병원에서 한 검사결과가 나오기 때문이다.

실은, 전복죽을 어촌계 식당에서 사오려고 했다. 아버님이 지난 번 그곳에서 맛있게 드셨기 때문이다. 하지만 (가는 날이 장날이라고) 화요일은 어촌계 식당이 쉬는 날. 헛걸음하고 온 경현이 한림에 가봐야겠다며 다시 차를 몰고 나갔다.

내가 끓여봐야겠다는 생각이 든 것은 살짝쿵 미안한 마음으로 작업실에 들어가려 할 때였다. 일단 자신이 없어 인터넷으로 전복죽을 검색해봤다. '백종원 전복죽 끓이기'가 눈에 들어왔다. 어려워 보이지 않았다. 즉시 경현에게 전화했다.

"내가 전복죽 끓여 볼까봐. 앞으로 이런 일이 자주 생길 것 같잖아. 이참에 배워두면 좋을 것 같아. 그러니까 전복죽 사오지 말고 전복 사다줘. 한 다섯 마리쯤."

경현이 사온 전복은 싱싱했다. 그리고 무지 컸다. 살아 있는 것을 내 손으로 처리하려니 기분이 묘했지만 살아 있는 꽃게를 손질할 때처럼(그때는 방법이 없어 꽃게를 냉동실에서 얼린 뒤 요리했다) 공포감이 일지는 않았다. 전복에는 집게발이 없기 때문이었다. 전복 손질에서 제일 어려웠던 것은 이빨을 제거하는 것. 내가 본 인터넷 설명에는 이빨을 제거하라는 안내만 있을 뿐 이빨이 어디에 있는지 어떻게 제거하는 것인지 설명이 되어 있지 않았다.

실전을 통해 스스로 알아낸 전복의 이빨은, 상대적으로 복잡한 전복의 윗부분(?)에 있었다. 숟가락과 칼을 이용해 타원형 전복 살을 껍데기로부터 떼어낸 뒤 전복의 윗부분 중앙라인에서 2mm 정도 밑에 칼끝을 넣어 벌리자 전복의 하얀 이빨이 보였다. 이빨만 빼기가 어려워 붉은 잇몸도 조금 함께 잘라냈다.

냄비에 1시간 정도 불린 쌀을 넣고 참기름과 함께 볶는다. 볶은 쌀에 쌀 양의 4배 물과 적당한 크기로 잘라놓은 전복과 그릇에 따로 담아 가위로 잘근잘근 썬 전복내장을 함께 넣어 끓인다. 10분쯤 지났으려나. 전복죽이 폭폭 폭폭 튀어오르기 시작한다. 불을 조금 더 줄인다. 눌어붙지 않도록 죽을 젓는다.

어머님 생각이 난다. 돌아가실 때 즈음 끼니마다 팥죽을 밥 삼아 드셨다. 친정 부모님 생각도 난다. 두 분이 병원에 입원하기 전 친정에 갈 때면 전복을 사갔다. 엄마가 전복죽을 좋아했기에 아니, 이가 부실한 아빠를 위해 엄마가 전복죽을 상시 끓였기 때문이다. 하지만 지금 아빠는 저기 멀리 높은 곳으로 가버리셨고 엄마는 저기 멀리 좁은 방에서 입으로는 아무것도 삼키지 못한다.

전복죽을 조금 떠서 먹어본다. 맛이 괜찮다. 엄마가 끓여주던 옥돔국이 불쑥 그립다.

2019. 7. 10

제주대학교병원 입원

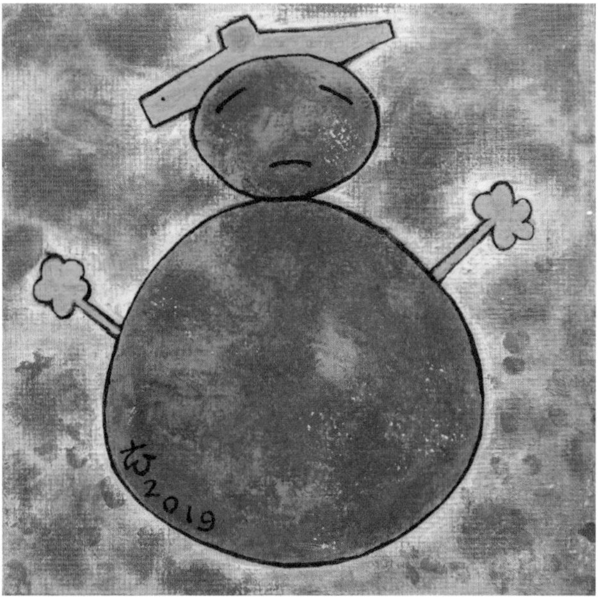

응급실 앞 의자다. 응급실 안으로는 환자 외 1명만 들어갈 수 있어 경현이 보호자로 들어가고 나는 밖에서 기다리고 있다. 입원을 해야 하는데 4시까지도 병실이 나지 않아 우선 응급실에서 검사를 진행하기로 했다. 그나마도 빈 침대가 없어 의자에 앉아 대기 중이다. 급작스레 몸 컨디션이 나빠지신 아버님 이야기다.

아침, 11시에 외래로 예약해둔 피부과 의사를 만났다. 오후 1시 30분에는 신장내과 의사를 만났다. 두 분 모두 입원을 권했다. 아버님의 피부박리가 얼마 전부터 드시기 시작한 피부과 약 때문인지 다른 병에서 오는 증상인지 모르겠지만 부종이 심한 것으로 보아 아버님의 몸에 뭔가 나쁜 일이 일어난 것만큼은 확실하니 입원해 검사를 진행해야할 것 같다고 했다.

아닌 게 아니라 아침에 집을 나오며 아예 입원 준비물을 가지고 왔다. 의사에게 사정을 해서라도 아버님을 입원시켜야 할 것 같아서였다. 어제 저녁부터(하필이면 전복죽을 맛있게 드신 후) 아버님 상태가 부쩍 안 좋아지셨다. 당장 응급실에 가야 할까 고민할 정도였다. 만약 오늘 오전에 외래 예약이 돼 있지 않았다면 어제 밤 병원에 왔을지도 모른다.

약국에 다녀와야겠다는 경현과 교대해 응급실 안에 들어갔다 왔다. 환자복을 입고 오들오들 떨고 계신 아버님을 뵈니, 아무튼 남자들이란 대책이 없다는 생각이 들었다. 이렇듯 추워하시면 담요를(간호사에게 상냥하게) 부탁해, 덮어드려야지 원!

엑스레이를 찍고(방향감각을 잃고) 헤매다 겨우 제자리에 오니 경현으로부터 전화가 왔다. 입원 준비물 중 챙기지 못한 것(실내화와 플라스틱컵 등)을 사오라며 다시 교대하자고 했다.

집에 왔다. 믿음직한 기사님 덕분에 마음 졸이지 않고 편하게 왔다. 사실, 아버님을 경현에게 맡기고 오려니 마음이 불편했다. 경현이, 대개는 친절하지만 가끔 불뚝 성질을 내곤 해서다. 하지만, 뭐니뭐니해도 며느리보다는 아들이 편할 터, 집은 집대로 이것저것 할 일이 많은데 경현이 제대로 할 리 없었다.

아버님이 적어도 2주는 입원하셔야 할 것 같은데 병원이 집에서 멀어 걱정이다. 당장 내일 아침 또 택시를 타야 할 듯싶은데…. 경현이 내가 오기를 목이 빠져라 기다릴 게 뻔해서다. 생각할수록 어이없는 남의 편이다. 걱정도 많고 염려도 많은 성질에 마음까지 약하다. 익숙하지 않은 차(제주로 오면서 차를 7인승으로 바꿨다)를 운전하다 내가 다치기라도 하면 더 큰일이라며 차도 못 쓰게 하고 혼자 있기 싫어해 어떻게든 나를 잡아두려고 하고….

아고, 모르겠다. 일단 청소와 세탁부터 해야겠다.

2019. 7. 11

아뿔사 그리고 오 마이 갓!

"티슈에 물 묻혀서 내 눈 좀 닦아라."

"네…, 그런데 잘 안 닦이는데요?"

"아범은 잘 닦던데…."

"아범이 저보다 힘이 세서 그럴까요? 근데, 아버님 그게 아니고 아범, 대충 닦은 거 아니에요? 이런 거 아버님 눈에 잔뜩 달려 있는 걸 보면…?"

"그런 게 있어?"

다시 병원 응급실이다. 경현을 목욕탕(아라사우나)에 보내고 온몸이 부은 채 눈곱을 잔뜩 달고 계신, 여전히 피부껍질을 떨어뜨리고 계신 아버님 옆에 앉아 있다.

병원에 오는 길은 조금 부산했다. 일찍 일어나기는 했다. 안달을 부리고 있을 경현이 걱정되어서였다. 문제는, 부탁받아 미리 챙겨놓은 물건들(아버님 일기장, 경현 약과 속옷 등)과 내 속옷, 화장품 등을 쇼핑백에 넣고, 들고양이 쟈스민의 밥과 물을 현관 입구에 내어놓은 뒤 재빨리 콜택시 회사에 전화할 때 일어났다. 7시 30분이었다.

"지금 차, 한 대도 없는데요. 다 시내 나갔어요."

아뿔싸! 차가 없을 수 있음을 생각 못했다! 결국 자비심 출중한 사장님이 직접 운전해주는 차를 타고 하루 전 예약해야 실수 없음을 배우며 병원에 왔다.

아버님 병실이 드디어 정해졌다. 간병사도 구했다(일단 와보기로 했다). '피부박리가 거침없이 일어나고 있는 무지막지 비대한 환자'라는 내 구체적인 설명을 듣고도 와보겠다 해준 간병사에게 미리미리 감사다.

그런데…?! 피부과 선생님이 아버님 몸을 살피며 아무렇지 않게 피부를 만지고 계시지 않은가. 표정에는 안타까움이 가득하다. 마음속 깊은 곳에서 선생님을 향한 감사가 소용돌이치기 시작한다. 친절과 사명감과 직업의식과 전문성 등등에 대해서다.

"손에는 약은 바르지 말고 로션만 발라주세요. 너무 약해져 있어서 안 되겠어요. 몸과 다리엔 하루 두 번 발라주고요. 신장이 빨리 좋아져야 할 텐데…. 몸에서 독소가 나와 피부를 망가뜨리는 거거든요. 앞으로도 상당 기간 피부가 벗겨질 거예요. 여기 얼굴 피부처럼 이렇게 돼야 끝나는 거지요. 아직은 초기니까…."

오 마이 갓! 지금 이게 초기 상태라니! 그럼 중기 말기는 도대체 어떻게 된다는 것이란 말인가.

갑자기 힘이 빠진다. 아버님이 얄미울 때도 있는데 이번만큼은 아버님이 불쌍하다는 생각이 들면서다.

2019. 7. 19

꿈 해몽, 오징어처럼 씹는

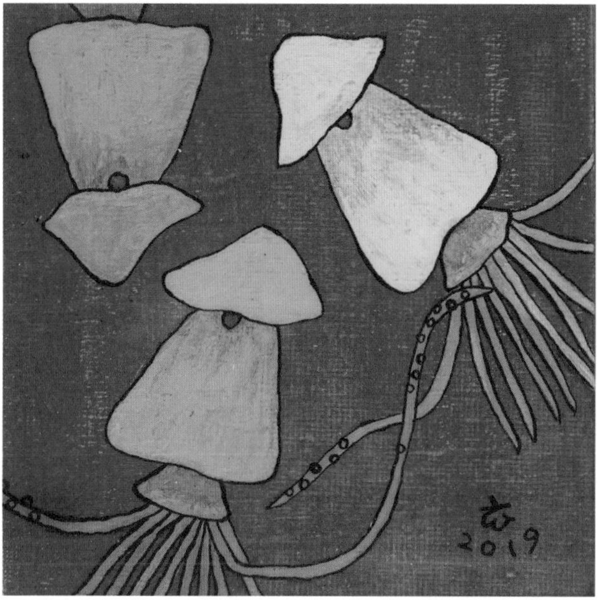

제주 집을 설계하고 시공한 두 분 소장님이 블루스타 앞에 쭈그려앉아 뭔가를 굽고 있었다. 놀라울 정도로 크고 먹음직스러운 오징어였다. 멀찍이서 두 분 소장님을 바라보던 내게 어떤 여자가 다가왔다. 여자는 제문미용실로 가야 한다며 따라오라는 고개짓을 하고 앞서 걸었다. 여자와 함께 막 미용실로 들어가려하는데 다른 여자가 나타났다. 얼굴이 빨갛게 몹시 부어 있는 여자였다. 앞서의 여자가 빨간 여자에게 웨딩드레스를 입고 들어오라고 명령하듯 말했다. 빨간 여자는 주저했지만 곧, 어쩔 수 없다는 듯 고개를 끄덕이며 입구에 서서 드레스를 기다렸다.

곧 남자 둘이 드레스를 가지고 왔다. 그런데 웨딩드레스란 것이 상자의 모양을 하고 있었다! 아니, 레이스가 화려한 긴 원피스 모양의 관이었다! 여자가 상자에 들어가듯 드레스 안에 발을 넣었다. 그리고 관에 몸을 눕히듯 드레스 안에 누웠다. 여자는 관 아니, 드레스 채 안으로 옮겨졌다.

언제 어떻게 온 건지 엄마가 드레스 관 옆에 앉아 있었다. 아버지가 뒤에서 나타났다. 그런데 아버지가 나를 지나쳐 관 쪽으로 가는가 싶더니 품에서 뭔가(사탕? 꽃?)를 꺼내 여자에게 건네는 게 아닌가! 순간, 아버지가 치매를 앓고 있음이 생각났다. 불안했다. 위태롭기 그지없는 아버지를 향해 '아버지!'를 외치려는 순간, 아버지가 경현으로 보였다. 경현이 내가 말릴 틈도 없이 여자의 얼굴을 쓰다듬기 시작했다, 너무도 사랑스럽다는 눈빛으로 예쁘다는 말과 함께. 엄마는 뭔가를 말할 듯 말 듯한 표정으로 옆에서 지켜보고만 있었다. 빨간 여자가 엄마를 향해 말했다.

"내 이럴 줄 알았어. 이래서 오고 싶지 않았다고, 드레스도 입고 싶지 않았고…."

그리고 잠을 깼다. 어안이 벙벙했다. 여자가 누구인지, 이 이상한 상황은 무엇인지…. 한번도 본 적 없는 여자가, 사람들이 왜 꿈에 나타난 건지도 의아했다.

안개처럼, 구름처럼, 이슬처럼 빠른 속도로 사라져가는 꿈을 끌어모아 곰곰 생각해본다. 그러고 보니 꿈속의 그 이상한 것들을 이즈음의 내 생활과 연관지어볼 수도 있겠다. 가령 '빨갛게 부어오른 얼굴'은 급성신부전으로 얼마 전 병원에 입원한 아버님의 피부가 내게 강한 스트레스를 주어 꿈속에 나타난 것 같고, '예뻐라'와 '웨딩드레스'는 젊은 사람들에게서, 웨딩드레스를 입은 신부에게서 아름다움을 느낀다는 언젠가 경현이 했던 말이 내 마음에 썩 기분 좋지 않은 형태로 남아 있어서이지 싶고, '미용실'은 어제 마포 안다미로미용실에 예약하려다 깜박했는데 그게 머릿속에 미진함으로 남아 있어서일 테고, '오징어'는 지난 번 이마트에서 사서 그제 경현과 오밤중에 구워먹은 무려 9,800원짜리 비실한 오징어가 가성비상 흡족하지 않았던 때문이지 않을까. 그럼 엄마랑 아버지는? 엄마는 오늘 서울에 가서 만나려 하고 있으니 설명이 되지만, 아버지는? 소장님들은?

모르겠다. 꿈 속 장면들이 자꾸 희미해지는 것을 보면 이번 꿈도 언제나의 꿈처럼 별 의미 없는 개꿈이리라. 그래도 이번 꿈을 통해 한 가지는 분명히 알겠다. 그것은 내 질투가 보통을 넘는다는 것. 경현이 젊음은 그 자체로 예쁘다고 했다고, 흰 드레스를 입은 여성은 그 누구라도 아름답다고 했다고, 젊지도 예쁘지도 않은 여자를 등장시켜 경현(치매를 앓는 아버지와 혼동시키는 장치를 해놓고)으로 하여금 쓰다듬게 하지를 않나, 여자의 얼굴을 그렇게나 보기 싫게 만들어놓지를 않나 심지어는 웨딩드레스를 관으로 바꿔놓기까지 하고….

또 두 분 소장님께 새삼, 감사해야 함도 알겠다. 이제껏 본 적 없는 먹음직스런 오징어로 행사를 준비하듯 제주 집을 편안하고 단단하게 정성껏 지어주셨으니 말이다. 태풍을 앞두고도 맘 편히 길을 나설 수 있을 정도로.

혹시, 이번 꿈은 소장님을 찾아뵈라는, 찾아뵙고 감사를 전하라는 의미가 담긴 것은 아닐까?

제주공항이다. 태풍 전 장맛비의 영향으로 지연된 탑승을 기다리며 어젯밤의 개꿈을 오징어꿈으로 바꿔, 씹고 또 씹고 있다.

2019. 8. 21

디폴트 모드, 멍때리기

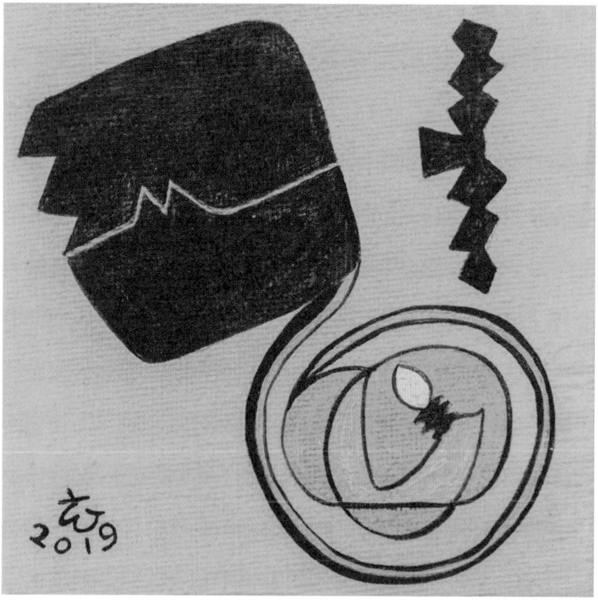

신문에서 '디폴트 모드'에 대한 건강상식을 읽는다. 일명 '멍때리기'라 불리는 그것이 뇌 건강에 좋단다. 뇌는 움직일 때와 쉴 때 활성화되는 부위가 다른데, 이 영역이 돌아가면서 적절히 활성화되어야 뇌가 더 건강해진단다. 컴퓨터를 껐다 켜면 초기설정(디폴트)으로 돌아가면서 더 원활하게 작동하는 것처럼, 뇌도 휴식을 취해야 더 좋은 활동을 하게 되는 이치란다. 전문가의 말을 빌어 '디폴트 모드에 들어간 뇌는 창의성과 주변을 이해하는 능력이 오히려 좋아진다'며 지쳤다고 생각될 때 하루 이틀 휴가를 내거나 해결책이 보이지 않을 때 잠시 생각을 내려놓으라는 권유도 덧붙여져 있다.

언제고, 아무 때고, '디폴트 모드'로 돌아가고 싶어하는 나로서는 반가운 이야기다. 아침 눈 뜨자마자 벌떡 침대에서 일어나는 옆 침대의 짝꿍과 달리 나는 의식이 돌아옴과 동시에 잠과는 다른 '넋놓기' 유혹에 빠져든다. 말 그대로 유혹이다, 빠져서는 안 될…. 다행히 대부분의 날, 단호한 태도로는 아니라도 미적미적 잘 이겨내고 있다.

3일만이라도 휴가를 얻을 수 있다면 얼마나 좋을까. 전업주부로서의 일 그러니까 청소와 세탁과 특히 음식 만들기와 식구들 기분 맞추기에서 벗어날 수 있는 쉼의 시간. 어디 안전하고 쾌적한 호텔 방에 박혀 하루 종일 멍때리는 아니, 빈둥대는 내 자신을 상상해본다. 일어나고 싶을 때 일어나고, 먹고 싶을 때 먹고, 씻고 싶을 때 씻고, 입고 싶은 것만 입고 지내는 내 모습을….

나같이 이루지 못할 소원을 품는 사람을 예상한 걸까? 칼럼 말미에 '디폴트 모드로 들어가는 가장 쉬운 방법은 산책이라며 1시간 정도 걸으면 된다'고 쓰여 있다.

아쉽다. 정신 건강을 위해 경현에게 돌아가며, 그러니까 교대로 '멍때리기(하고 싶은 것만 하기)' 여행을 하자고 제안하려 했는데…. 하기는, 어차피 어림도 없는 일이기는 하다. 앞서도 말했지만 밍기적밍기적 자리보전을 좋아하는 나와 달리 그는 벌떡벌떡 자리 털기를 잘하기 때문이다. 오히려 아무것도 하지 않고 가만히, 지긋이 있는 걸 참아내지 못하기 때문이다. 무엇보다 혼자만의 여행은 말도 안 되는 일이라 생각하기 때문이다.

그러고 보니 산책을 안 한 지 정말 오래다. 지금이라도 당장 나가볼까 보다. 『에세이스트 연간집』 원고 마감(실은 어제)을 며칠 늘려놓기는 했지만 어서 빨리 마무리 지어야 해서다. 그러니까 '멍때리기' 도움을 받아서라도 뭔가 써야 할 것 같아서이다.

2019. 8. 31

후쿠오카, 나 홀로 여행

일기를 쓸까 말까, 마음이 두 갈래로 나뉘어 다투고 있다. 먼저 쓰지 말라는 쪽이 강하게 주장한다.

"너, 멍때리고 싶다며. 빈둥대고 싶다며. 그래서 여기 온 거 아냐? 그냥 쉬어. 아무것도 하지 말고. 오늘 하루만의 문제도 아니잖아. 일단 쓰기 시작하면 쓸 거리를 찾을 테고 그러면 애써야 되잖

아. 그냥 있어. 이번 여행은 애초 목표대로 아무것도 하지 않는 거야."

쓰자는 쪽도 지지 않는다.

"너 이미 쓰고 있어. 활자를 두드리고 있다고. 너 일기 쓰는 거 좋아하잖아. 멍때리기 여행이 뭐냐. 아무것도 하지 않는 게 아니라 쉬엄쉬엄 하고 싶은 것만 하는 거 아냐? 하던 대로 해, 서두르지는 말고. 말이 그렇지, 어떻게 3일 내내 아무것도 안 하냐. 호텔에만 죽치다 왔다 하면 경현이 잘했다고 하겠다. 아마 다시는 혼자 여행 보내주지 않을 걸. 너 박물관이랑 미술관 관람하고 싶다며 조른 거 설마, 잊지 않았겠지?"

어떡하지? 에이! 모르겠다. 누구 말대로 이미 쓰고 있지 않은가.

후쿠오카다. 하카다의 삼성급 호텔, 토큐스테이의 더블룸 안이다. 얼마 전 '멍때리기 여행'을 꿈꾼다는 일기를 쓴 적 있는데 정말 꿈같이 꿈을 이루었다. 말이 씨가 되었는지도 모른다. 때마침 경현이 나를 달래줘야 할 일을 만들면서 크게 인심을 써줬다.

그런데 이상도 하지! 혼자라는 느낌이 낯설지 않다, 외국에 있다는 기분도 들지 않고. 입국심사를 받을 때만 해도 어색했는데(왜 그들의 표정은 하나같이 딱딱하고 어두운 걸까!) 공항게이트를 통과하는 순간 모든 것이 자연스러워졌다. 종합안내소에서 하카다까지 가는 가장 좋은 방법을 물을 때는(무척 더듬거렸는데도) '일본어를 잘 하시네요' 하는 칭찬도 들었다. 도시락 사러 역에

나갔을 때는 외국인 여행자를 위한 예쁘장한 교통카드sugaca도 마련했다. IC 카드는 희범과 홋카이도 여행하면서 사모으기 시작한 기념품인데 이번이 세 개째다. 경현에게 카톡으로 카드 사진을 보내줬더니 약간 쓸쓸한 말투로 '혼자서도 잘하네' 한다.

아무래도 내일은 박물관과 미술관에 다녀와야 할 것 같다. 방해받고 싶지 않아, 내가 머무는 동안 717호 청소는 하지 않아도 된다고 프런트에 말해놓기는 했지만, 숙제부터 해놓는 게 뭘 해도 맘 편할 것 같다. 혼자 있는 불편을 감수하고 있을 누군가에게 마음 복잡한 상상까지 하게 하는 건 아니지 싶고 또 다음을 기약하려면 점수를 따놓을 필요도 있고….

그런데 이 도시락 왜 이렇게 맛있는 걸까! 새우와 게살이 얹힌 초밥도시락이 생각보다 맛있다. 앗! 물이 없다! 늘 경현이 챙기곤 해 전혀 물 살 생각을 하지 못했다. 냉장고에도 물은 없던 것 같았는데….

갑자기 다가온 '혼자'라는 느낌. 낯설다.

2019. 9. 1

후쿠오카 박물관, 후쿠오카시 미술관

후쿠오카 여행의 이틀째다. 느지막이 일어나 후쿠오카 박물관에 갔다. 박물관은 생각보다 한가하고 느낌도 우리나라 박물관과는 많이 달랐지만(풍속에 집중하는 것 같았지만 자신은 없다) '금인金印' 외에 크게 관심 가는 것은 없었다.

기념품 가게에서는 바나나 이파리 모양의 조그만 도자기 접시

6개를 샀다. 하얀 색으로 3개, 진녹색으로 3개. 그 생각만 하면 지금도 기분이 좋다. 비싸지도 않은 것이 어찌나 예쁘던지 접시를 보는 순간 잃어버린 보물을 발견한 양 기쁨이 샘솟았다.

후쿠오카 박물관을 나와서는 후쿠오카시 미술관에 갔다. 이제와 얘기하는 거지만 무지무지 고생했다. 발가락에 걸치는 덧버선을 신고 다녀서인지 엄지 근처 발등에는 물집까지 잡혔다. 오호리코엔大濠公園역 3번 출구까지는 순조로웠는데 구글맵을 보며 우체국 옆길로 들어서면서 엉망이 됐다. 결국, 미술관에 들어가기는 했는데 뒤쪽 울타리를 불법적으로(?) 넘어야 했다. 종이지도는 제법 보는데 방향감각에 문제가 있는지 구글맵은 늘 헷갈린다.

200엔을 내고 입장한 후쿠오카시 미술관은 훌륭하고 멋진 작품이 많았다. 그 중에서 내 눈을 가장 끈 것은 노노무라닌세이野野寸仁淸의 17세기 도자기였다. 달항아리보다 옆이 좁고 길이가 긴 도자기였는데 표면에 그려진 그림이 너무도 예뻤다. 벚꽃으로 유명한 나라奈良의 요시노야마吉野山 풍경이라고 했다. 눈이 환해지고 마음이 달싹여지는, 보아도 보아도 질리지 않는 작품이었다.

참! 바깥 정원에 있던 사중석탑四重石塔도 좋았다. 14세기에서 16세기 사이의 것이라는데 무엇이 내 맘을 끈 것인지는 나도 알 수 없다. 단아한 형태미인 것 같기는 한데 정확하지 않다. 그러고 보니 또 있다! 한 노인이 지팡이를 어깨에 걸친 채 걷고 있는 그림. 노인의 지팡이 끝에는 꽃이 핀 나뭇가지 한 다발이 꿰어져 있고 옷소매와 옷자락이, 비를 맞았는지 부드럽게 늘어져 있었다. 마음이 편안해지는 그림이었다, 그림 속 노인처럼이면 늙어가도, 쇠락해져도 괜찮을 것 같은 용기를 주는…. 기념품으로는 비닐 재질의 속이 보이는 노란 필통을 샀다.

역에서 사온 도시락을 먹으며 오늘 찍은 사진을 들여다본다. 엉뚱하게 나무 사진들이 대부분이다. 그것도 미술관 연못(무지무지 큰 연못이었다, 한눈에는 다 들어오지도 않는) 근처에서 찍은 나무등걸 사진들….

역을 향해 연못 길을 걸으며 신기한 것을 발견했다. 늘어선 나무마다 등걸에 곰팡이 꽃이 피어 있었다. 대개는 밝은 청녹색이었지만 때때로 빨갛고 노란 것도 있었다. 아름다웠다. 도톨도톨 제각각 다른 질감이 느껴지는 것도 좋았다. 어떤 것은 여인의 벗은 몸 그러니까 봉긋한 젖가슴 형태를 하고 있기도 했다. 자연이야말로 진정한 예술가라는 식상할 정도로 뻔한 생각을 하지 않을 수 없었다.

2019. 9. 2

후쿠오카 아시아미술관

후쿠오카 여행 3일째, 오늘도 게으름 피우기에 실패했다. 늦잠을 자기는 했다. 문제는 뒹굴뒹굴하려는 그때 갑자기 경현이 부탁한 젓가락이 생각난 것. 부랴부랴 준비해 호텔을 나왔다. 12시가 다 되어서였다. 이왕 나가는 김에 먼저 후쿠오카 아시아미술관을 관람하고 이어 젓가락을 사볼 참이었다.

후쿠오카 아시아미술관은 접근이 쉬웠다. 나카슈카와바타中洲川端역에서 내려 그 건물 7층으로 올라가 가방을 락커에 넣고 입장권을 샀다. 입장권은 역시나 또 200엔.

작품 감상은 정말 좋았다. 후쿠오카에 와서 본 것 중 가장 좋았다고 말해도 될 성싶었다. 모든 작품의 완성도가 사람의 손으로 그렸다고는 믿어지지 않을 정도로 놀라웠다. 작품에 담긴 의미와 상징도 멋졌다. 박서보 선생님과 김창열 선생님의 작품도 전시되어 있었다.

"여기 이쪽으로 와보세요. 작품을 여기 측면으로 보면 물감이 보여요."

물방울 그림 앞에서 해설을 읽다 말고 큐레이터의 말대로 해보았다. 과연 물감이 보였다. 순간, 김창열미술관에서 들은 이야기가 생각났다. 그때 해설사는 선생님이 사인을 그림 안이 아닌, 캔버스 측면에 한다고 했었다.

"그래요? 그럼 여기 이 사인은…. 그림을 가지고 오면서 액자를 했으니까, 그때…?"

큐레이터가 호기심 가득한 표정으로 내 얼굴과 그림을 번갈아 봤다. 기분이 나쁘지 않았다.

후쿠오카 아시아미술관에서 내 발길이 가장 오래 머문 작품은, 프라투앙 엠치룬이라는 타이 작가의 〈연꽃잎 속의 생의 반영〉과 아이샤 칼리드라는 파키스탄 작가의 〈비너스의 탄생〉이었다. 두 작품 모두 표현이 굉장했다. 〈비너스의 탄생〉의 해설 부분을 옮겨

보면 이렇다.

〈비너스의 탄생〉이라고 하면 이탈리아 화가 보티첼리의 걸작이 떠오르지만, 여기서는 연꽃 위에 푸른 파도 문양의 부르카를 입은 여성이 네 귀퉁이의 연꽃 문양의 부르카를 입은 여성과 함께 세밀화의 기법으로 정밀하게 그려져 있다. … 부르카는 무슬림 여성이 착용하는 전신을 덮는 민족의상으로, 여기서는 무슬림권에서 억압을 받는 여성을 상징한다. 그러나 무슬림 여성들 가운데는 겉모습으로 평가되거나 욕망의 대상이 되는 것에서 벗어나기 위해 자신의 의지로 부르카를 입는 사람도 있다. 여기서는 일방적으로 부르카는 억압의 상징이라고 단정하는 것이 아니라, 해방된 것처럼 보이는 나체의 비너스가 지닌 기만성을 드러내고 있다.

미술관을 나와 역으로 가다 건물 안에 쇼핑몰이 있음을 알았다. 경현의 젓가락을 빌미로 (아이)쇼핑을 시작했다. 하카다역으로 돌아와서도 역에 붙은 쇼핑가와 한신 백화점을 돌아다녔다. 저녁은 또 도시락을 사와서 먹었다. 마지막 저녁인데 싫어 이곳저곳 살펴봤지만 웬일인지 식욕이 일지 않았다. 대신 이틀 연속 먹은 새우버섯 지라시즈시가 아닌 오니기리와 샐러드 등등을 샀다. 결과는 대실패. 생애 처음 먹어본 현미 오니기리는 맛이 별로였다.

2019. 9. 28

카르멘, 하바네라와 플라멩고

사랑은 반항하는 새

아무도 길들일 수 없어요.

거절하기로 마음먹으면

아무리 불러도 소용없답니다.

협박도 기도도 안 통해요

어떤 이는 말을 잘하고 어떤 이는 과묵하죠.
내가 좋아하는 사람은 후자랍니다.
아무 말 하지 않아도 내 마음에 들거든요.
사랑! 사랑!
사랑은 어린 집시 천방지축이죠.

조용하고 행복한 밤이다. 깊숙이 내려앉은 마음으로 〈하바네라〉를 들으며 일기를 쓴다.

오늘, 제주아트센터의 기획공연 〈카르멘〉을 관람했다. 조르주 비제Georges Biget가 프로스페리 메리메Prosper Merimee의 소설을 원작으로 만든 오페라다. 얼마 만의 눈호강, 귀호강인지…. 2막 선술집을 배경으로 카르멘이 감옥에서 나온 돈 호세를 춤과 노래로 반기는 장면에서는 아련히 합창공연을 갔던 세비야에서의 기억이 떠올라 마음이 촉촉 젖어들기도 했다. 남성 무용수의 동작에 플라멩고의 매력 속으로 빠져들던 빨간 원피스의 내 모습이…. 가만 그때 쓴 메모 같은 게 있을 법도 하다.

호텔로 돌아와 저녁식사를 한 후, 빨간 원피스로 멋을 내고 플라멩고 공연을 보러간다. 플라멩고는 안달루시아 집시들이 창안해낸 것으로, 우리가 본 공연에서는 손뼉과 발구름, 기타와 플룻, 성대만이 악기로 사용되었다. 억제된 절규와 같이 가슴을 울리는 노래에 맞춰 무언가에 홀린 듯 신내림 같은 춤을 추는 그들의 열정

에 휩싸여 나도 '올레'를 외친다.

타블라우라고 불리는 좁은 나무판 위에서 손바닥과 발로 박자를 맞추어 추는 플라멩고, 춤 자체로는 상징적 의미가 없는 것 같다. 섬세한 손가락 움직임과 팔을 들어올린 채 가쁜 숨을 고르는 그들의 정지가 매력적이다. 남성의 춤이 생각보다 멋있다. 양복을 한 손으로 여는 듯이 잡고 어깨를 들썩이는 모습이 무척이나 섹시하다. 노래에서 느껴지는 한과 같은 슬픔도 여운이 길고….

호텔 방에서 룸메이트와 플라멩고를 흉내내보지만 역시 어색하다. 아아, 낭만의 밤이 깊어간다.

룸메이트였던 경미 언니는 어떻게 지내는지 모르겠다. 샤워가운만 걸친 채 침대에 엎드려 그날의 수확물(사진)들을 서로 바꿔보며 정말이지 깔깔깔 좋아했었는데….

오늘 공연이 대체적으로 좋았지만 한 가지 아쉬운 점이 있다. 〈카르멘〉을 모든 연령대가 관람 가능한 가족극 비슷하게 만들어서인지 돈 호세와 카르멘의 사랑이 불타오르는 그 무엇으로 다가오지 않았다. 당연히 피날레 장면도 뜬금없게 느껴졌다. 어린이합창단과 어린이 플라멩고무용단의 활약에 힘입어 오페라가 아기자기해진 면은 있었다. 그래도 〈카르멘〉이라면 좀 더 요염하고 좀 더 극적(악마적)이어야 하지 않을까. 그래야 카르멘을 칼로 찔러 죽이기까지 하는 돈 호세의 격정을 안타까운 마음으로 공감하지 않을까.

2019. 10. 3

자전거와 킥보드

준혁이가 오후에 집에 왔다. 큰아빠가 엄청 아낀다는 무지 비싼 자전거를 타고서였다. 오랜만의 방문이었다. 반가운 마음에 달려나가 준혁이를 데리고 부엌으로 갔다. 에어플라이어에 냉동 감자를 넣어 돌리고 얼려놓은 케이크를 꺼내 녹이고 포도도 씻었다. 우유도 따르고 커피도 끓였다. 싱크대 위에 있던 (경현이 나

먹으라고 삶아놓은) 계란 두 개까지 합쳐, 음식들을 몽땅 작업실로 옮겨놓고 준혁이와 마주앉아 이야기를 나눴다.

준혁이는 같은 교회에 다니는 초등학교 5학년 남학생이다. 작년 크리스마스 연극연습을 하며 모두들 꽤나 웃었었는데 준혁이가 연년생 누나와 함께 능청맞다 싶을 만큼 연기를 잘해서였다. 준혁이 부모가 별거상태이고 엄마가 베트남인이라는 것은 나중에 알았다. 오누이가 너무도 밝게 지내 생각지도 못한 일이었다. 하기는 준혁 오누이 곁에는 친구 같은 아빠는 물론 관심과 사랑을 넘치게 부어주는 큰아빠 변 장로님과 큰엄마 차 권사님이 계시긴 하다. 가까이 할머니도 계시고….

“아빠가 담주 퇴원하는데 할머니 집에는 절대 안 갈 거예요.”

“왜? 그럼 어떻게 할 건데?”

“우리 집에 갈 거예요, 한림에 있는 우리 집.”

“아빠, 아직 손을 못 쓰신다면서. 식사 준비랑 청소랑 다 어떻게 하려고?”

“누나랑 제가 다 할 수 있어요.”

준혁이 아빠는 지난 봄, 비닐하우스 지붕에서 떨어져 큰 수술을 받았다. 아빠가 입원해 있는 동안 큰아빠와 할머니 집을 오가며 보살핌을 받았는데 할머니와의 사이에 세대간 갈등 같은 게 있었지 싶다.

준혁이는, 교회에 새로 나온 5살 연하의 여학생(그러니까 초등

학교 1학년)과 사귀기로 했다며 여자친구 이야기도 했다.

“에이, 그 정도 나이차면 여자친구 아닌 거 아니야? 그냥 교회 여동생이라고 해야 할 것 같은데…?”

“아니죠, 나이가 무슨 상관이라고요. 집사님은 사랑엔 국경도 없다는 말, 못 들어보셨어요?”

“그럼 넌 그 여자친구랑 뭐하는데? 카톡?”

“아니요…. 카톡은 못해요. 여자친구 핸폰이 너무 후져서 카톡이 안 되거든요.”

준혁이가 여자친구와 할 수 있는 일은 별로 없어보였다. 기껏해야 여자친구의 오빠가 꿀밤을 먹이려할 때 막아주는 것 정도? 그것도 교회에 함께 있을 때에나 가능한 일이었다. 그럼에도 여자친구를 서슴없이 소개하며 큰소리로 자랑하는 준혁이라니…. 명랑하고 활달한 그래서 대견한 준혁이었다.

우유와 감자를 다 먹은 준혁이가 갑자기 생각났다는 듯 나가자고 했다. 실은 자전거 타는 법을 가르쳐주러 왔다며 큰아빠 주유소에 있는 작은 자전거라면 나도 금방 배울 수 있을 거라고 했다. 일전에 내가 자전거를 탈 줄 모른다고 했더니 그게 맘에 걸린 모양이었다.

준혁이는 큰아빠 자전거를 타고 나는 자가용 대용 킥보드를 타고 주유소로 달려(?)갔다. 킥보드마저 익숙하지 않은 나를 위해 준혁이가 중간중간 기다려줘야 했다.

"준혁아, 이 자전거 너 이제 안 타잖아. 이거 그냥 집사님 드리지 그래?"

큰엄마인 차 권사님의 말에 준혁이 잠시 망설이다 그러자고 했다. 바퀴가 작은 자전거는 녹이 많이 슬어 있었지만 보자마자 맘에 들었다. 가벼운 것도 좋았다. 권사님과 준혁이의 응원을 받으며 주유소 뜰에서 자전거를 굴려보았다.

삐뚤빼뚤, 삐뚤빼뚤….

이상하게도 넘어질 듯 넘어질 듯하면서도 넘어지지는 않았다. 주유소를 나와 준혁이와 함께 다시 집을 향해 달려(?)갔다. 이번에는 나는 자전거를 타고 준혁이는 킥보드를 타고서였다.

삐뚤빼뚤, 삐뚤빼뚤….

보다 못한 준혁이가 나중에 평평하고 넓은 데서 연습하자며 그냥 끌고 가자고 했다.

"근데 왜 킥보드 안 타세요? 맨날 세워만 두시잖아요. 난 자전거보다 킥보드가 더 좋던데…."

"어머! 너 킥보드 안 타봤구나? 혹시 지금이 처음?"

"네, 저 킥보드 타본 적 없어요. 킥보드가 없었거든요."

"그럼 잘 됐다. 우리 물물교환하자. 나는 니 자전거 갖고 너는 내 킥보드 갖고."

"정말이요? 정말 나 이 킥보드 가져도…?"

준혁이의 조그만 얼굴이 환해지고 있었다. 내 마음도 가볍게 날아오르고 있었다.

그랬다. 오늘은 준혁이와 내가 최상의 물물교환을 한 날이었다. 아니, 최선의 심심心心을 교환한 날.

2019. 10. 5

제주올레 6코스, 쉰다리와 소라껍질과 장화

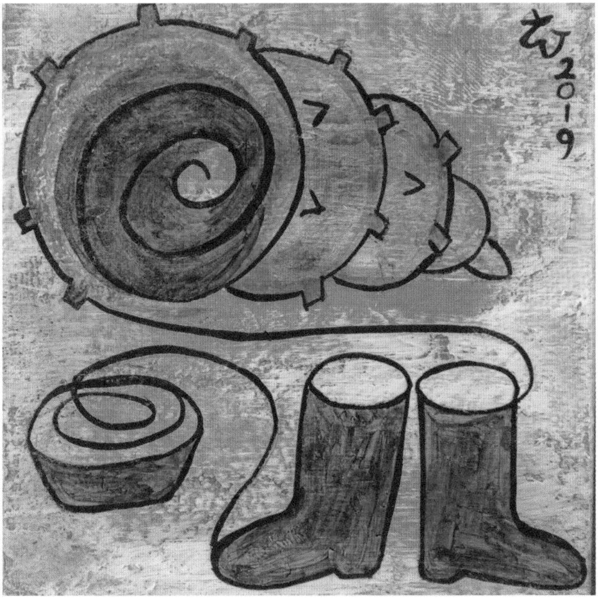

더위와 아버님 간병 등으로 못하다 오랜만에 올레를 걸었다. 워밍업 삼아 우리가 선택한 코스는 6코스. 쇠소깍에서 시작해 서귀포 제주올레여행자센터에서 끝나는 거리도 짧고 난이도도 낮은 코스였다.

하지만 실상 걸으니 시간이 많이 걸렸다. 첫 출발지 쇠소깍만 해도(쇠소깍은 효돈촌 하구에서 솟아나는 민물과 바닷물이 만나 만들어진 깊은 웅덩이다) 그렇게나 신비한 물색을 스치듯 지나갈 수는 없었다. 백두산 천지를 축소해놓은 것 같은, 바람이 없고 맑은 날에는 물에 비친 한라산의 모습을 볼 수 있다는 소천지도 마찬가지였다. 오늘은 너무도 맑은 쪽빛 바닷물에 만족해야 했지만 그럼에도 우리는 그 신기하고 멋진 풍경에서 쉽게 발을 뗄 수 없었다. 그리고 이어지는 소정방폭포와 정방폭포, 왈종미술관과 서복전시관 그리고 이중섭거리와 서귀포 매일시장….

그리하여 오늘 16.35㎞를 걸었다. 걸음 수로는 22,654보. 훌륭한 성적이었다. 하지만 그거 말고도 오늘 내게는 신나는 일이 많았다.

먼저는 보목포구 가기 전 언덕 위의 조그만 노점 카페에서 쉰다리(쉰밥으로 만드는 제주식 발효음료)를 마신 일이었다. 사실, 나는 평소 쉰다리를 좋아해 기회가 되면 마다않고 마시는 편이기는 하다. 하지만 '스치면 인연, 스미면 사랑'이라 쓴 커다란 벽보(?) 앞에서, 여러 크기의 밥알이 자유로운 형태로 섞여 있는 쉰다리를, 시원한 바람에 땀을 말리며 마시는 맛은 정말 각별했다. 특별히 막걸리 수준의 알코올 도수를 품고 있는 그 집의 쉰다리는 카페를 나오고서도 오랫동안 하늘을 걷는 듯 어찔어찔 기분이 좋았다.

보목포구를 지나 솟은 듯 높은 마을길을 걸을 때는 무심코 난간 아래를 내려다보다 하얗게 풍화된 소라껍질 무더기를 발견했다. 안 그래도 소라껍질을 구하던 참이었다. 마당 바위에서 자라던 다육이가 태풍을 못 이기고 떨어뜨린 잎들을 심어주기 위해서였다. 말하자면 소라껍질을 다육이 화분으로 삼으려는 것. 동네 어촌계 식당에 부탁해볼까 했었는데 이제 번거롭게 일 벌일 필요가 없게 되었다. 소라껍질을 주울 땐 당연히 더러운 건 버리라는 경현의 잔소리를 들어야 했다.

장화도 샀다. 그 동안도 외출용 장화를 하나 사고 싶었지만 마음에 드는 것(후쿠오카 토큐에서 본 장화는 맘에 들었지만 가격이 어마어마했다)이 없었는데 서귀포 매일시장에서 제법 맘에도 들고 가격도 괜찮은(3만원) 장화를 발견했다. 아쉬운 것이 있다면 검정색과 진한 쑥색밖에 없었다는 것. 살짝 곤란해하며 내가 고른 것은 진한 쑥색이었다.

아버님과 식당에 갈 때 비는 오지 않지만 장화를 신고 갔다. 물론 소라껍질을 깨끗이 씻어 마당에 늘어놓은 뒤였다. 내일은 비가 오면 좋겠다. 하기는 비가 오지 않아도 좋다, 다육이를 이사시킬 수 있을 테니….

2019.10. 17

데크에 스테인 칠하기

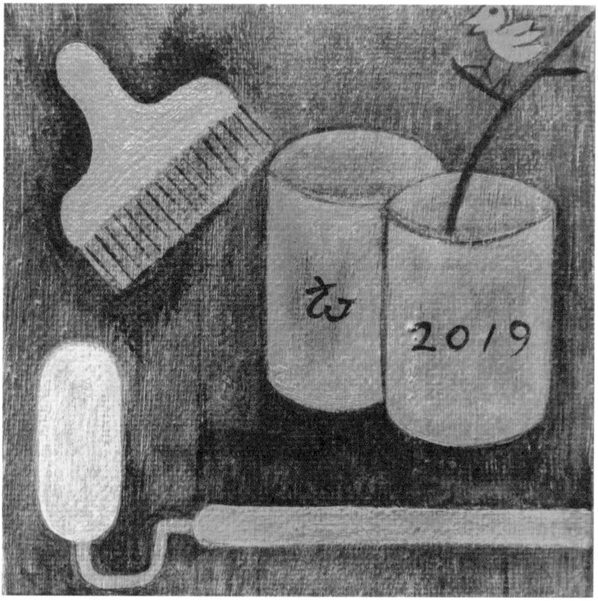

새들이 보이지 않는다. 여느 때 같으면 돌담 위에 앉아 깃털도 다듬고 수다도 떨어야 할 참새들이건만 모두들 도대체 어디로 간 건지…. 지저귐이 없는 서재를 낯설게 느끼며 닫아놓은 유리문을 연다. 훅 끼쳐드는 스테인 냄새, 내가 싫으니 새들은 더 싫지 않을까.

어제 벼르고 벼르던 일을 했다. 이름하야 데크에 스테인 칠하기. 경현 서재에 붙어있는 발코니와 손님방 발코니 데크에 밤색 오일 스테인을 칠했다. 이웃인 빨간 벽돌집 아줌마가 봄가을로 나무 울타리를 칠할 때마다 우리도 해야 하는데 싶어 움찔했었는데 드디어 이사 온 지 1년하고도 10개월 만에 당당해졌다.

하기는 어제도 칠하지 못할 뻔했다. '오늘 하자'는 내 말에 경현이 피곤하다며 엄살 표 오리발을 내민 때문이었다. 이해는 갔다. 감기기운이 있는 상태에서(그래서 건강검진 받는 김에 맞자며 예약해둔 독감예방주사도 나 혼자만 맞았다) 그제는 제주병원에, 어제는 노형동 안경점에, 아버님을 모시고 거의 하루 종일을 나가 있었다.

"페인트 통만 열어줘. 나머지는 내가 다 할게. 붓으로 하는 건 원래 내 담장이잖아."

스테인과 붓 등은 지난 번 한림오일시장 다녀오다 페인트 가게에 들러 사둔 것이 있었다. 내 열심을 어이없어 하며 경현이 페인트 통 뚜껑을 열어주었다. 주워온 나뭇가지로 스테인이 골고루 섞이게 저어주기도 했다. 이후의 일은 호언장담한 대로 내가 다했다.

먼저 데크와 만나는 유리문과 돌담의 경계 부분을 뜯어낸 빳빳한 잡지로 가렸다. 다음은 롤러가 닿기 힘든 가장자리를 붓으로 칠하기. 드디어 장대를 끼운 롤러를 굴려 데크 전면을 칠하기 시작했다. 일은 생각보다 어렵지 않았다. 오히려 재미있었다. 단독 주택에 사는 맛이 어떤 건지 제대로 느낀 것도 같았다.

참새 두 마리가 날아온다. 한 녀석이 머리를 한껏 구부려 부리로 깃털을 가다듬기 시작한다. 하지만 그것도 잠깐. 나와 눈이 마주친 건 한 놈인데 두 녀석이 동시에 날아가버린다. 거절당한 느낌에 괜스레 서운하다.

정말 녀석들도 이 냄새가 역하고 싫은 걸까?

어제는 다 칠하고 나자 속이 울렁거렸다. 마스크를 쓰지 않고(두 번 칠했는데 나중 한번은 썼다) 해서인지도 모른다.

참! 손님방 데크가 어떻게 됐는지 확인해봐야 한다. 마무리 청소를 해준답시고 경현이 발자국을 두 개 냈다. 이 엄청난 사실은 경현이 자수를 해서 알았다. 내가 교회에 반주연습하러 간 사이 유리문에 붙여놓은 종이를 떼어내다 그랬다고 했다.

남편이 성질이 급하면 미리미리 챙겨주고 좋은 점이 많다. 하지만 나쁜 점이 쬐금 더 많다.

2019. 10. 26

제주올레 9코스와 월라봉의 탱자

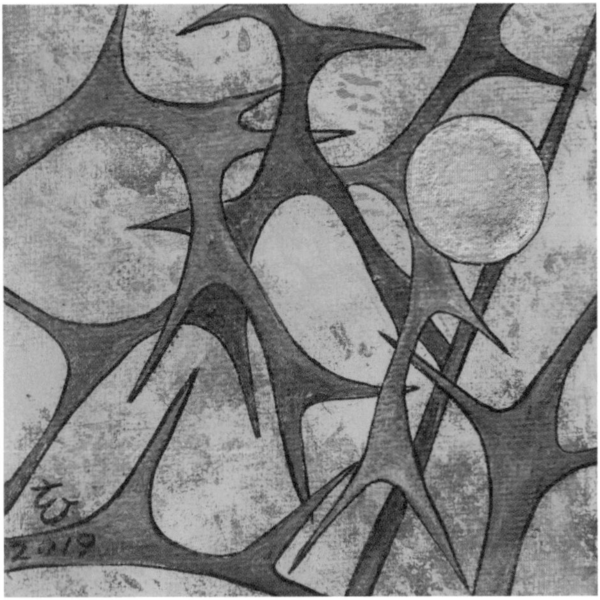

대평포구에서 시작해 화순 금모래해수욕장에서 끝나는 제주올레 9코스를 걸었다. 총길이 7.6㎞에 예상 소요시간이 3시간에서 4시간인 난이도 상의 올레다.

시작점인 대평(난드르, 평평하고 긴 들판이라는 뜻)포구는 전에 한번 와본 적이 있었다. 깎아지른 듯 우뚝 솟아 있는 긴 절벽, 박수기정(바가지로 마실 샘물이라는 뜻인 박수와 우뚝 솟은 절벽이라는 뜻인 기정의 합성어)을 사진에 담기 위해서였다. 아니, 그건 경현의 목표였고 나는 해변을 돌아다니며 조금 괴상하게 생긴 조개껍질을 주우며 놀았다. 그러니까 오늘이 특별한 것은 포구에서 박수기정을 바라본 것이 아니라 그 기정 위를 올라가 걸었다는 것.

박수기정 위로 올라가는 길은 쉽지 않았다. 바위와 거친 돌이 깔린 좁고 가파른 외길이 길게 이어진 때문이었다. 수고의 대가는 컸다. 박수기정 위에서 바라보는 한라산과 바다는 무척 아름다웠다. 신비로운 구름 스카프를 두른 채 어둑한 회색으로 잠겨 있는 한라산이, 은은하면서도 찬란한 은빛 반짝이를 화살처럼 쏘아대는 바다가, 처음 보는 산과 바다처럼 무척이나 새로웠다.

바람이 불고 있는 기정 위의 땅은 의외로 넓고 평평했다. 누렇게 익어 바스라지고 있는 콩밭을 지나 푸른 열매를 달고 있는 귤밭을 지났다. 우르르 쓰러졌다 제각각 일어나는 억새밭을 지나 서로를 부비며 폭포소리를 내고 있는 야자수들을 지났다. 줄기에 붙은 채 땅을 향해 메말라 있는, 악어 이빨 같기도 하고 쇠톱 이빨 같기도 한 야자수 잎 그림자를 지날 때는 그 모습이 재미있어 이리저리 카메라에 담기도 했다.

이어지는 월라봉과 볼레낭(보리수나무)길. 그리고 볼 때마다 억울하고 분한 일본진지….

점심은 김밥, 귤 등을 먹었다. 코스 내에는 점심을 사먹을 만한 곳이 없다는 이야기를 듣고 에너지바 등을 준비해갔다. 난이도 상이라지만 걷던 중 가장 편한 올레였다. 집으로 오는 길에는 모슬포 5일시장에 들러 생물 오징어를 여러 마리 샀다. 내일 교회에 가져갈 추수감사절 음식으로 오징어부추부침개를 해볼 참에서였다.

집에 돌아와 옷을 갈아입는데 주머니에서 탱자가 툭 떨어졌다. 월라봉에서 딴 탱자였다, 갑자기 불어닥친 바람에 가시에 손을 찔려가며…. 다시 맡아보는 탱자 냄새는 여전히 좋았다. 큼큼 누르스름한 탱자가 잘 익은 오늘을 풍기고 있었다.

2019. 10. 30

차귀도와 정물오름

정물오름 정상이다. 두 개의 벤치 중 남쪽 면을 향한 벤치에 앉아 일기를 쓴다. 경현은 일몰 사진 찍겠다며 삼발이를 설치하고 있다. 아무도 없이 오름에 둘만 있어보기는 처음이다.

커다란 나비가 날아와 신발 끝에 앉는다. 마주 접힌 날개가 갈색과 까망, 하양과 주홍으로 어지럽다. 신기한 것은 실처럼 가는 까만 더듬이 끝에 하얀 점이 마침표처럼 박혀 있다는 것. 보이지 않을 정도로 가는 다리는 흰색에 가까운 회색이다.

사람들이 오고 있다. 여성 두 분과 남성 한 분이다. 나비는 날아가고 내가 앉은 벤치 바로 뒤에서 여자 목소리가 들려온다.

"여기 제일 가까운 오름이 당오름이고, 저기 동그란 분화구를 갖고 있는 오름이 도너리오름이야. 저 멀리 삐죽 높은 건 산방산, 그 오른쪽 뒤로 악어 입같이 생긴 건 송악산. 오늘은 안개 때문에 보이지 않지만 맑은 날엔 가파도하고 마라도도 볼 수 있어."

이야기에 귀가 솔깃해진다. 안 그래도 저 도넛같이 생긴 오름의 이름이 궁금했었다.

"정물오름(참고로 정물오름은 말굽처럼 생겼다)은 높지는 않지만 사방이 뚫려 있어 정말 좋아. 저기 일출봉처럼 생긴 오름 보여? 당산봉이야. 그리고 저기 첨탑을 가지고 있는 오름이 금오름, 그 한참 오른쪽으로 갈색 높은 오름이 새별오름…."

말을 마치자마자 '가자'며 여성 두 분이 온 길을 되돌아간다, 일몰도 보지 않고. 일행이 아니었던지 함께 올라온 남자는 스마트폰으로 사진을 찍고 있다.

아침엔 천연기념물 제422호, 차귀도를 다녀왔다. 10시 30분, 자구내포구에서 출발해(배로 10분 정도 간다) 1시간 섬을 돌아본 뒤 다시 배를 타고 주변 섬들을 돌아보는 코스였다. 아름다운 섬이었다. 마음이 고요히 가라앉는 섬. 돌 하나도 가져오면 안 된다는, 탐방로로만 다니라는, 선장님의 당부가 없었다면 섬 이곳저곳에서 나쁜 욕심(?)을 부렸을지도 몰랐다.

좁고도 구불한 억새길을 걸을 때는 메밀밭에서 소금을 떠올린 그분이 절로 생각났다. 그분이라면, 잠시도 가만히 있지 않는 하얀 점들과 이리저리 휩쓸리고 있는 갈색 선들을 보며 세상을 놀라게 할 은유를 지어내셨을 텐데, 아쉬워하면서였다. 묘사의 아쉬움은 멀리 한라산으로부터 시작된 이어지고 이어지는 능선들을 볼 때도 일어났다. 뭐라 멋지게 표현하고 싶은데 내게서는 기껏 '양끝을 느슨하게 맞잡은 여신들의 스카프'밖에는 떠오르는 게 없었다.

집터에서는 '현재는 우리나라에서 가장 큰 무인도지만 1970년대 말까지만 해도 7가구가 살았다'는 안내 글을 읽으며 사진을 찍었다. 현무암을 박아넣은, 반쯤은 무너져 내린 시멘트 벽 안에 들어가서였다. 이렇듯 작고 아름다운 섬에서의 삶은 어땠을까 상상하자 머릿속이 복잡해지긴 했다.

차귀도는 제주에 와서 가본 곳 중 영실 다음으로(같은 등수가 몇 개 더 있기는 하다) 감동스런 곳이었다. 그러고 보니 제주도 시조신, 설문대 할망의 500 아들들은 남다른 안목이 있었던가 보다. 영실에 오백나한으로, 차귀도에 장군바위로, 그들이 영주할 곳을 그렇게나 잘 골랐으니 말이다. 아니지! 그들이 있어 영실이, 차귀도가 아름다운 건지도 모르겠다.

수평선 바로 위까지 내려온 빨간 동그라미를 바라보며 벤치에서 일어난다. 옅은 구름이 길게 바다를 덮고 있는 게 오늘의 일몰은 그다지 화려하지 않을 듯싶지만 그래도 지금부터는 정물오름의 일몰에 집중해야 할 것 같다.

2019. 11. 2

제주올레 8코스, 주상절리대와 베릿내

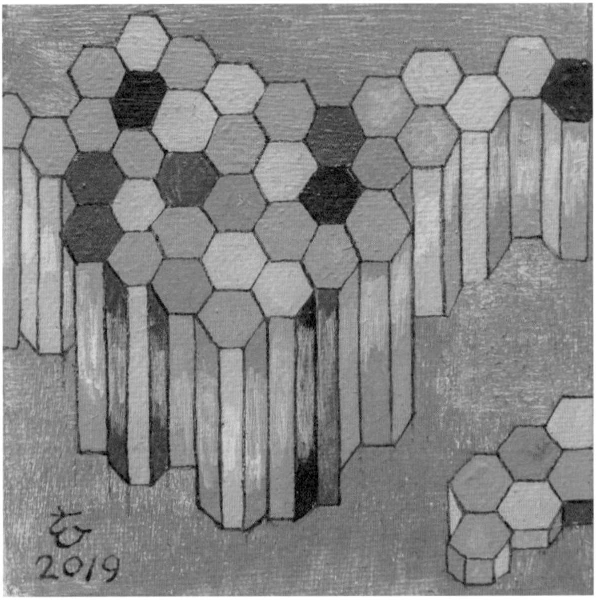

약천사 주차장에 차를 세워놓으면서 시작된 올레 8코스 걷기가 용천수가 바닷물과 크게 만난다는 논짓물에서 끝났다. 차를 세워놓은 약천사로 되돌아가야 하는데, 검색해보니 곧바로 가는 버스 노선이 없었다. 환승을 하면 1시간 40분이 걸린다고 한다. 미세먼지 때문인지 옷을 덥게 입고 간 때문인지, 어제 늦게 잔 때문인지

다른 때보다 힘이 들었다. 택시를 불렀다. 논짓물이 시내에서 멀지 않아서일까 택시는 금방 왔다.

"축제 기간인데 따로 걸으셨네요."

"사람에 치이는 게 싫다고 해서요, 이 사람이."

"신문 보니까 5,000명이 참가했다고 하던데요."

"굉장했겠어요."

"…."

"그런데 8코스는 별 재미가 없는 것 같아요."

"아, 코스를 바꿔놓아서…. 낙석위험으로 갯깍 주상절리로도 가지 못하게 하고 태풍피해를 입어 바닷길로 가던 걸 도로 쪽으로 바꾸어놓기도 하고…. 처음 올레가 좋았어요."

솔직히 걷는 내내 시시한 올레였다. 주상절리대의 육각기둥과 육각면들은 감탄스러웠지만 베릿내오름만 해도 끝없는 데크 계단을 올라 당도한 정상은 시야가 막힌 여전한 데크였고 색달해수욕장의 길고도 긴, 발이 푹푹 빠지는 모래해변은 걷기가 무척 힘들었다. 하다못해 올레리본 찾는 것도 애를 먹었다. 그럼에도 훈훈하게 기억되는 장면들도 있었다.

대왕수천에 못 가서였다. 작은 귤을 담은 조그만 바구니를 앞에 두고 할머니 두 분이 도란도란 이야기를 나누고 있었다. 할머니 뒤쪽으로는 귤이 반쯤 담긴 노란 사각 바구니(콘테나)가 놓여 있었다. 미처 세 발짝을 걷지 않아 또 다른 귤바구니와 콘테나를 발견했다. 마음이 흐뭇해졌다. 동종업 경쟁자 두 분 사이에 흐르는 친밀감에서 제주도 여성의 강인함과 유연함을 함께 본 것 같았다. 다음부터는 올레 걸을 때 집에서 귤 같은 거 준비해오지 않겠다고 결심했다.

색달해변에서는 한 여인에게 눈을 빼앗겼다. 비키니 수영복을 입고 해변을 뛰다 결국 바닷물로 뛰어든 서양인이었다. 온몸에서 뿜어져 나오는, 사람들의 이목에는 전혀 아랑곳하지 않는 꿋꿋함이랄까 자신감 같은 것이 멋지고도 부러웠다.

그러고 보니 다른 사람의 감정이나 행동에 일절 신경쓰지 않는, 그래서 내 마음에 미친 결과가 정반대인 만남도 있었다. 베릿내오름 정상 그러니까 성천봉에서 만난 여인이다. 뽕짝(음악을 폄훼하려는 것은 아니다)을 크게 틀어놓고 무지무지 큰 훌라후프를 돌리던 여인.

여래생태공원에서 맞닥뜨린, 황급하게 지그재그 풀섶으로 도망가던 검은줄무늬쑥색뱀도 인상적이었다. 녀석, 그렇게나 서둘러 도망가지 않아도 되는데, 나 별로 무섭지 않은 사람인데….

처음 올레를 상상해본다. 지금보다 훨씬 아름다웠을 것 같기도 하고(길을 개발하고 보기 좋게 다듬었을 것을 생각하면) 지금이 오히려 아름다울 것 같기도 하다. 아무쪼록 올레가 오래도록 제주의 아름다움과 정서를 전하는 길이 되었으면 좋겠다, 자연을 훼손하는 일 없이.

2019. 11. 22

애월합창단 시작 그리고 눈 수술

전기장판까지 틀어놓고 3시간 낮잠을 잤다. 작정하고 낮잠을 잔 게 얼마만의 일인지 모르겠다. 시리던 등에 땀이 밴 것을 보면 몸에 스며들던 감기 기운이 조심스레 나간 것인지도 모른다.

어제부터 컨디션이 좋지 않다. 감기기운은 오늘부터 시작됐지만 어제는 어지럼증으로 하루 종일 힘들었다. 경현의 탕정사택에서 지내던 어느 날처럼은 아니지만(그때는 정말 온 천지가 쥐불놀이 깡통처럼 빙빙 돌았다) 머리가 묵직해지면서 왼쪽 시야에 든 사물이 옆으로 휙휙 빠르게 지나갔다. 드레스 가봉을 위해 굽 높은 구두를 신고 동그란 발판 위에 올라설 때는 넘어질 것 같아 조심해야 했다.

그런데 웬 드레스 가봉?

'드레스 가봉'이라는 말을 쓰고 있자니 내 자신 뜬금없다. 실은 얼마 전 합창단에 들어갔다. 교회 임 집사님이 단원으로 있는 애월합창단이다. 처음 권유를 받았을 때는 내가 사양했는데(경현이 하지 않겠다고 해서다) 갑자기 노래가 부르고 싶어져(나 혼자라도 하자 싶어) 내 쪽에서 임 집사님께 전화를 걸었다.

가봉을 마치고 돌아오는 길엔 이마트에 들러 장을 봤다. 굴전과 호박전을 해 이른 저녁을 먹고 서둘러 합창연습을 하러 갔다. 연습을 마치고 나니 10시 30분. KCTV에서 촬영을 나와 연습이 더 늦어졌다. 집에 돌아와 샤워를 하고 나니 12시. 그런 와중에도 어지럼증은 계속되었다. 점점 약해지기는 했지만…. 그리고 오늘 아침 일어나니 어지럼증은 없어졌는데 머리가 여전히 묵직했다. 목도 아프고 등으로는 오슬오슬 한기까지 느껴졌다.

감기에 걸리면 안 된다. 이번 주 그리고 다음 주까지, 절대로. 공연도 공연이지만 경현이 감기를 옮으면 눈 수술을 하지 못하게 되기 때문이다.

그런데 웬 눈 수술?

'눈 수술'이라는 말에 다시 한번 어이없어진다. 여름에 포도막염으로 시작된 경현의 눈사태가 급기야 수술 지경에까지 이르렀다. 포도막염을 앓을 때만 해도 대수롭지 않게(조금 대수롭게) 생각했다. 안경렌즈를 바꾸는 번거로움은 있었지만 염증이 순조롭게 잘 나았기 때문이었다. 시력이 뒤집힌 것은 두어 달 전의 어느 날(세게 부딪혔다며, 머리에 혹이 났는지 봐달라던 기억이 가물가물 있다), 염증을 앓았던 왼쪽 눈이 원시에서 근시로 바뀌었다. 말하자면 왼쪽 눈은 근시, 오른쪽은 원시인 이상사태가 발생한 것.

한라병원과 제주병원을 오가며 진단을 받았다. 의사 선생님들 모두 수정체를 잡아주는 끈이 일부 끊어져 왼쪽 수정체가 코쪽 방향으로 기운 채 홍채 쪽으로 밀려나와 있다고 했다. 수정체가 홍채 쪽으로 밀리면 안압이 올라가 녹내장 위험이 생기므로 빨리 수술을 받아야 한다고도 했다. 경현과 1주일 단위로 서울(삼성의료원)을 오가는 상황이 시작되었다. 일산의 따님 집(시누이 집)에는 가지 않겠다는 아버님 때문이었다.

"여보세요, 네, 맞습니다. 7시 20분까지요? 네, 자정부터 금식이요. 아, 200cc 정도의 물은 허용된다고요…."

삼성의료원으로부터 온 전화이지 싶다. 화요일로 수술 날짜는 정해졌지만 수술시간은 이틀 전에 알려준다고 해서 안 그래도 경현이 전화를 기다리고 있었다.

오늘도 합창연습이 있다. 그뿐이랴, 내 컨디션에 상관없이, 소프라노는 30분 일찍 오라고 한다. 소리를 안 내는 게 좋을 듯도 싶지만 그렇다고 연습에 빠질 염치는 없다. 그렇다면…? 그래, 영차하는 거다. 이럴 때일수록 힘을 내는 거다. 또 아는가. 노래를 신나게 부르고 나면 컨디션이 왕창 좋아질지.

침대를 벗어나 경현에게 알은 체를 하고 도라지차를 탄다. 확실히 낮잠을 자기 전보다 컨디션이 좋아진 것 같다. 여전히 머리는 묵직하지만….

2019. 12. 12

갯깍 주상절리대

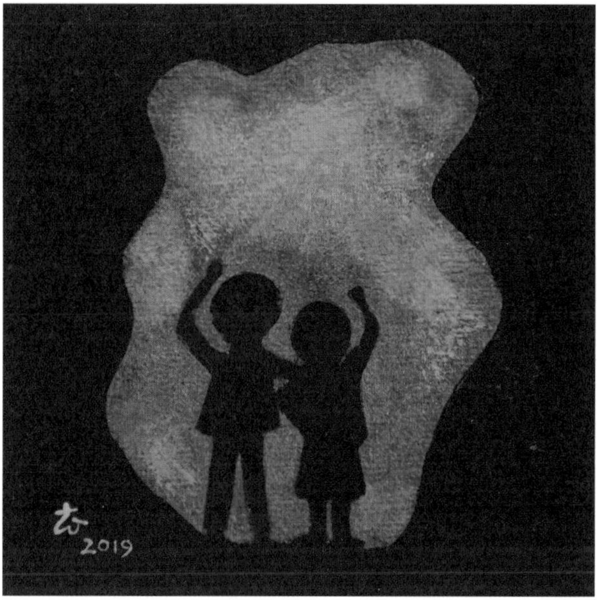

갯깍 주상절리대에 다녀왔다. 신이 다듬은 듯 하늘로 뻗은 돌기둥 해안이 1.75㎞나 이어지는 곳이다. 몽돌이 깔린 해변은 걷기가 무지 힘들었다. 근처에서 다른 볼일을 보고 갑자기 들르는 바람에 부츠를 신고 있어 더 그랬지 싶다. 덕분에 주상절리柱狀節里(주로 현무암질 용암류에 나타나는 기둥모양의 수직절리)를 충분히 감촉할 수는 있었다. 동시에 발밑의 몽돌도 확실히 느꼈다. 넘어질까 무서워, 벽을 손으로 잡은 채 잘 고정되어 있는 몽돌에만 조심조심 발을 올려놓으며 걸어야 했기 때문이었다.

"내가 주상절리대 전체 모습 보여줄까?"

마누라를 내팽긴 채 사라졌던 경현이 갑작스레 나타나 카메라를 내밀었다. 뷰파인더에는 절리대 벽에 의지해 걷던 나로서는 상상할 수 없는 갓깍 주상절리대가 들어 있었다. 수직으로 무늬를 내며 짠 동그란 털실모자로 보이는….

"멋지다. 근데 어디까지 가야 해?"

경현은 조금만 더 가면 사진 찍기 좋은 장소가 있다며 거기까지 가자고 했다. 과연, 조금 더 가니 길게 줄을 늘어선 사람들이 보였다. 줄은 입구가 넓은 굴로 이어졌는데 굴 끝 윗부분이 뚫려 있어 울퉁불퉁한 바위 사이로 파란 하늘이 보였다.

나도 줄서기에 가담했다. 부조작품 같은 천정을 입 벌린 채 올려다보기도 하고 뜬금없이 나타난 나비를 눈으로 쫓기도 하고 사진 찍고 있는 다른 사람들의 포즈를 마음속으로 따라해보기도 하면서…. 그런데 이상했다. 솔직히 사진 한 장 찍자고 이렇게 긴 줄을 기다릴 사람이 아니기 때문이었다, 경현은. 어느새 30분이 지나고 있었다. 40분인지도 몰랐다. 하기는 분위기가 고즈넉하고 평화롭기는 했다. 사진 찍는 사람들을 구경하는 재미도 뜻밖에 좋았다. 사람들의 포즈는 비슷한 듯 달랐다. 만세를 부르기도 하고 하트 모양을 그리기도 하고 심지어는 뽀뽀를 하거나 포옹을 하는 커플도 있었다. 강아지를 안고와 두 손 높이 올리는 부부도, 굳이 한 손에 가방을 들고 대大자 포즈를 취하는 청년까지 있었다.

드디어 내 차례, 무대(?)에 올랐다. 경현이 이리저리 사진을 찍었다. 뒷사람이 앞사람의 사진을 찍어주는 것이 자연스러운 불문율인 듯 내 옆에서 나와 함께 찍히기도 했다.

"이것 좀 봐봐. 여기서는 젊은 사람이나 늙은 사람이나 다 비슷하지!"

경현이 보란 듯 들이민 카메라 화면에는 푸른 하늘을 배경으로 머리를 맞대고 있는 두 그림자가 그러니까 팔로 하트를 만들어 하나가 된 그림자가 둥근 아치에 감싸여 있었다. 말하자면 하등 특별할 것 없는 '비슷한 듯'에 해당하는 포즈. 그럼에도 기분이 좋아졌다, 다시 젊어지기라도 한 듯, 서로에게 포실포실하던 옛 마음을 되찾기라도 한 듯…. 경현이 자기 성격을 이겨가며 기다린 이유를 그제야 알 것 같았다.

2019. 12. 17

늑대 같은 남자가 좋아

신문 칼럼을 읽다 눈이 화들짝 커진다. 머릿속으로 무슨 소리냐며 황당해하는, 기가 막힌다며 얼굴을 붉히는 경현의 모습이 지나간다.

얼마 전 바람 문제로 회오리가 몰아쳤다. 친구 부부가 이혼을 들먹이며 크게 다퉜는데 그게 엉뚱하게 우리 부부에게 불똥을 튄 거였다. 결국 친구 문제는 오해였던 걸로, 그럼에도 빌미를 만든 건 사실이니 친구 남편이 친구에게 사과하는 것으로 마무리됐지만 듣는 내 기분은 시원하지 않았다. 이런 문제에 있어 지기知己는 자신 있는데 지피知彼는 어떤 상태인지 아니, 지피知彼가 가능이나 한 건지 의심하게 되었다고나 할까. 결과는 괜스런 부부싸움. 처음부터 그러려고 한 것은 아니었다, 정말. 그 순간만큼은 그 무엇을 고백해도 다 용서해줄 마음이 있었다. 모두 과거의 일이지 않은가.

머리를 흔들며 다시 칼럼으로 돌아간다. 늑대가 일부일처제로 살아간다는 내용의 칼럼이다. 내용을 조금 옮겨보자면, 늑대는 처음 짝짓기한 상대와 평생을 함께한단다. 그 상대가 죽으면 새로운 짝을 만나는 경우는 있어도, 곁에 두고 살면서 바람을 피우지는 않는다고. 미국 국립공원 옐로스톤에서는 암컷이 죽자 수컷 늑대가 새끼들을 함께 키우던 굴에 은거하며 사흘 동안이나 울부짖었다나. 6개월 후에는 암컷과 함께 살았던 지역에서 사체로 발견되었고. 일반화할 수는 없지만 사람보다 깊고 끈질긴 사랑이야기가 아닐 수 없다.

그뿐이 아니다. 칼럼을 쓴 윤희영의 표현으로는 요람에서 무덤까지from cradle to grave, 늑대는 끝까지 극진하게 가족과 연장자를 보살핀다고 한다. 또 생각과 달리 늑대는 우두머리를 힘세고 용감한 순으로 따지지 않고 현명하고 영리한 순서로 뽑는다고. 이렇게 선발된 지도자는 위급한 상황이 벌어질 경우 죽음을 무릅쓰고 항상 선봉에 서는 것은 물론 전임자에게는 지혜와 경험을 구하고 패한 상대 늑대에게도 기회를 주어 무리에 힘을 보태게 한다고 한다. 우리네 정치판 모습과는 많이 다르다는 생각을 하지 않을 수 없다.

"쿠팡에서 안경닦이 사려고 하는데 어떤 크기가 좋을 것 같아?"

스마트폰을 들여다보던 경현이 갑자기 묻는다. 마침 늑대사회에서는 사냥을 언제 어디서 어떻게 할 것인가부터 굴을 파는 것에 이르기까지 주요 결정을 우두머리 수컷이 암컷과 의논해, 그러니까 부부가 함께한다고 하는 부분을 읽을 때다.

"글쎄, 난 작은 게 좋을 것 같은데…. 쓰고 버려도 아깝지 않게…."

암컷의 지혜가 담긴 흐뭇한 대답이다. '아내 말 들어 손해볼 것 없다'는 명언을 떠올리는 새삼스런 순간이다.

그런데, 뭐라고?! 내 참 기가 막혀서. 경현이 큰 거를 주문했단다. 아니, 그럼 왜 물어본 거야, 지 맘대로 할 거면!

2019. 12. 21

귤잼과 건조 귤 만들기

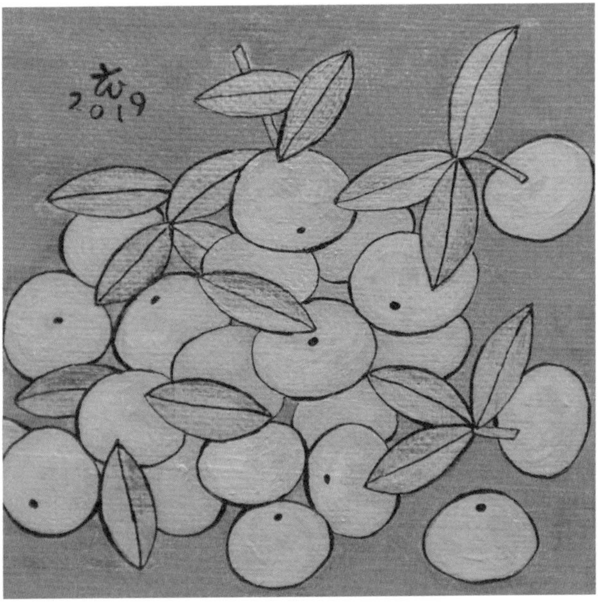

우와! 드디어 보암직하면서 맛도 풍부한 건조 귤 완성이다.

어제 목사님과 사모님, 권사님들과 함께 난생처음 귤농장에 가서 파치 귤을 땄다. 엄청 넓은 귤밭에서였다.

"여기서부터 저기 저 바위가 보이는 밭까지, 자유롭게 따시면 돼요. 상인들이 일차 따가고 간 밭이거든요. 부탁드릴 건 가져가지 않을 것이라도 꼭 따주라는 것. 그냥 땅에 던져버리면 돼요. 가지에 열매를 남겨두지 않는 게 도와주는 겁니다."

목사님의 주의사항을 들으며 주위를 둘러보았다. 이상했다. 분명 파치 귤이라고 했는데 가지마다 크고 탐스러운 귤들만 달려 있었다. 그러나 나는 곧 큰 귤이 상품가치가 없음을 알았다, 레드향이나 한라봉은 그렇지 않지만. 육지에서 나는, 집에서 먹는 용으로는 작은 귤을 사더라도 선물할 때만큼은 큰 귤을 샀었던 것 같은데….

덕분에 귤 따기는 신속하게 진행되었다. 겨우 세 나무에서 땄을 뿐인데 집에서 가져간 빨래통과 그 자리에서 빌린 비료포대 두 개를 거뜬히 채웠다.

집에 돌아와 펼쳐보니 자제했음에도 귤이 너무 많았다. 세 식구가 소화하기엔 3분의 1만 가져도 충분했다. 3분의 1은 저장식품을 만들고 다른 3분의 1은 이웃들에게 나눠줘야겠다 싶어 당장 나눔용 3분의 1을 차 트렁크에 실었다. 곧바로 나 권사님께 건조기를 빌려왔고 인터넷을 선생님 삼아 즉각 저장식품 만들기에 돌입했다.

건조 귤을 만든 과정은 이랬다. 따뜻한 물에 식초를 적당량 섞어 빠닥빠닥 소리가 나게 귤을 씻은 뒤 귤껍질에 묻은 물을 키친타월로 제거했다. 말끔해진 귤을 과일도마에 놓고 양끝은 과감히 버리며 편으로 썰었다. 그게 다였다. 남은 일은 건조기에 늘어놓고 온도를 63도나 64도로 맞춘 뒤 24시간 돌리는 것.

귤조림은 먼저 귤을 전부 까는 것으로 시작했다. 인터넷 레시피의 설명대로, 깐 귤을 반씩 갈라 잘게 썬 뒤 압력밥솥에 설탕과 생강(아주 조금)과 함께 넣어 끓였다. 실상을 고백하자면 이 과정에서 문제가 생겼다. 압력밥솥 꼭지에서 단 물이 넘쳐흐르기 시작한 것. 레시피에는 분명 백미밥 하듯 하면 조림이 된다고 했는데…. 당황했지만 침착하게 불을 끄고 압력을 풀어 솥 안을 들여다봤다. 오마나! 밥솥에 노란 물이 가득했다! 썰린 귤은 그 노란 물 위에서 동동 떠다니고 있고! 머릿속으로 계산이 오갔다. 이 상태로는 조림이 될 것 같지 않았다.

중노동이 시작됐다. 내용물을 큰 냄비에 옮겨 귤물이 다 없어지도록 주걱으로 내용물을 저으며 끓였다. 그것도 한번도 아니고 두 번이나. 일이 이렇게 될 줄 모르고 귤을 무지 많이 썰어둔 때문이었다. 가지고 있는 냄비로는 두 차례 나누어서 할 수밖에 없을 정도로 많이. 그뿐이 아니었다. 용암 끓듯 튀어오르는 귤죽(?) 덕분에 잼(조림이 아닌)을 완성한 후에도 고생을 해야 했다. 싱크대와 레인지 청소하느라….

그러나 결과만큼은 대만족! 너무도 맛있는 달콤에 새콤이 적당히 섞인 귤잼이 만들어졌다. 어제의 일이었다. 그리고 24시간이 지나 오늘 방금, 건조기 속에서 건조 귤마저 완성된 거였다. 정말이지 감개무량이 아닐 수 없다. 만세, 만만세다!

현정원 에세이
제주 2년 그림일기

지은이_ 현정원
펴낸이_ 조현석
펴낸곳_ 북인
디자인_ 푸른영토

1판 1쇄_ 2020년 11월 11일
출판등록번호_ 313 - 2004 - 000111
주소_ 121 - 842 서울 마포구 서교동 467 - 4, 301호
전화_ 02 - 323 - 7767
팩스_ 02 - 323 - 7845

ISBN 979-11-6512-018-4 03810

이 도서의 국립중앙도서관 출판예정도서목록(CIP)은 서지정보유통지원시스템 홈페이지(http://seoji.nl.go.kr)와 국가자료종합목록시스템(http://www.nl.go.kr/kolisnet)에서 이용하실 수 있습니다. (CIP제어번호 : CIP2020044311)

책값은 뒤표지에 있습니다.
저자와 협의 아래 인지를 생략합니다.